찬란하고도 쓸쓸한

너라는 계절

Prologue

어느 날,
길을 걷다 문득 그런 생각이 들었습니다.

파편처럼 흩어져 있는 기억들을
한데 모으고 싶다는 생각을요.

하나 둘씩 기억의 조각들이 모여
이렇게 당신 앞에 가지런한 활자로
인사드리게 되었습니다.

당신과 같이 걷고 싶습니다.
그리고 당신의 기억이 되고 싶습니다.

나의 조각들이 당신의 기억 속 맞춰지지 않은
마지막 퍼즐이었으면 좋겠습니다.

•••

사 랑 의　계 절

•••

여 행 의　계 절

…

너 라 는　계 절

…

나 라 는　계 절

Rkoh

찬란하고도 쓸쓸한

너라는
계절

Rkoh

⋮

사랑의 계절

RKOH
Dimmi
i soldi
Rkoh

좋은 사람

"좋은 사람 만나."

네게 좋은 사람을 만나라는 말을 듣는 순간 마음이
와르르 무너져 내림을 느꼈다.
우리의 인연이 여기서 끝나야만 하는 게 너무 슬펐다.
나 역시도 너에게 좋은 사람을 만나라고 말했지만, 사실
그게 나이기를 바랐다.
그러나 그럴 수는 없겠지.
네가 내게 좋은 사람이면서도 나쁜 사람이듯.

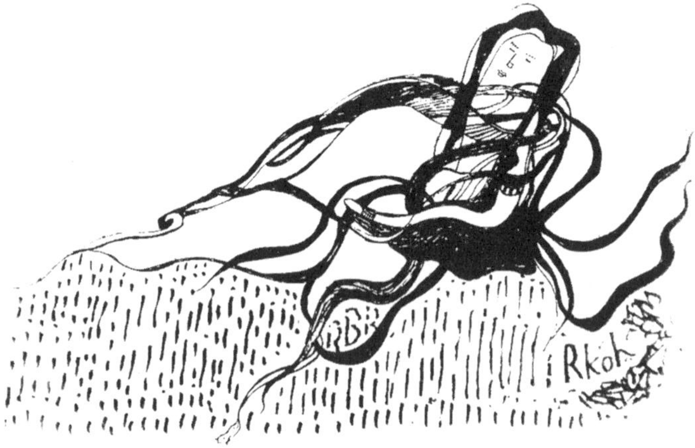
Rkoh

비

비오는 날을 나는 정말 싫어한다. 습기 찬 느낌과 축축한 느낌도 느낌이지만, 어느 해 여름 시작점에서의 좋지 않은 기억이 있기 때문이다. 비가 올 것이라는 것을 나는 몸 상태로 직감하곤 했다. 유독 몸이 아리거나 아파오면 거짓말 같게도 비가 오곤 했다. 그리고 비가 오는 날에는 너의 걱정도 함께 날아왔다.

"비가 오는데, 괜찮아?"

굳이 목소리를 듣지 않아도 알 수 있었다.
그 말에 담긴 너의 따뜻함을…
비오는 날이면 나는 그 날의 기억과 네가 떠올랐다. 걸어 다니는 먹구름처럼 비를 몰고 다니면서 아이러니하게도 나를 걱정해주던 너. 나는 그런 네가 좋았다. 비는 싫어도 비와 함께 찾아오던 너는 좋았다. 만추쯤이었던가, 저녁을 먹고 나와 빗줄기가 약해지길 기다리며, 식당의 처마아래에 함께 앉아있는데, 그날따라 기분이 되게 묘했다. 나중에 나는 그 기분이 무엇인지 깨달았지만 그 순간엔 알 수 없었다. 어쩌면, 늦게 알게 되어서 다행이라 생각한다. 여우비처럼 잠시만 내게 머물다 간 너를.

Rkoh

보고 싶다

'보고 싶다'는 말이 어느새 보고 싶다는 뜻 자체로 작용하지 않게 된 세상이 되었다. 나의 보고 싶다는 말도 마치 지켜지지 않을 약속의 말인 '언제 한 번 밥 한 끼 하자'처럼 의미 없이 공중으로 흩어졌다.
난 정말 보고 싶은데… 보고 싶다는 말에 너는 짧은 대답만 보낼 뿐, 끝끝내 보고 싶다는 말을 내뱉지 않았다. 흘러가는 말이라도 진심이 아닌 건 하지 않겠다는 의지일까. 그래서 나는 네게 더 목마르다.
아무런 의미가 담기지 않아도 좋으니, 네가 먼저 보고 싶다고 이야기 해준다면 나는 날아갈 텐데. 너는 언제쯤이면 나를 날 수 있게 해줄까.

Rkoh

대패삼겹살

나는 고기를 잘 굽지 못한다. 그래서 항상 고기 집을 가면 집게는 다른 이들의 몫이었다. 돈 주고 다 태워먹는다며 답답하다고, 그 누구도 내가 고기를 굽게 내버려두지 않았다. 나도 그 말에 수긍했기에 집게를 들지 않았었다. 그런 내가 유일하게 잘 굽는 고기가 있다. 대패삼겹살. 한 번만 뒤집어도 먹기 좋은 상태가 되기에 자신 있게 굽는다고 나설 수 있었다. 문득 대패삼겹살을 굽다가 그런 생각이 들었다. 사랑이란 대패삼겹살 같은 게 아닌가 하고. 한순간에 뒤집혀져 익어가는 모습이 사랑을 닮았다. 그리고 대패삼겹살의 설익은 다른 면은 이별 같아보였다. 대패삼겹살에는 아주 얇은 막으로 사랑과 이별이 공존하고 있었다. 사랑과 이별 모두 결국 같은 감정의 뿌리에서 출발한 것들이기에 공존 가능한 거겠지. 마치 동전의 양면처럼.

Rkoh

첫사랑

사람이란 항상 처음에 큰 의미를 부여한다.
첫사랑도 마찬가지다. 사랑이라는 단어 앞에 붙는
'첫'이라는 말은 사람을 참 설레게 한다. 여러 사랑이
있었지만, 진정한 의미의 나의 첫사랑은 너였다.
네 생각에 불덩이처럼 뜨거웠었던 나는 말도 안 되는
다짐을 마음속으로 하기도 했었다. 만약 네가 죄를 지어
감옥에 들어가는 일이 생긴다면, 내가 너의 죄를 다
뒤집어쓰고 대신 들어가겠노라고. 지금 생각하면 어린
날의 치기 같은 다짐이었지만 그땐 그랬다.
너의 허물마저도 내 사랑으로 감싸 안을 수 있을 거라고
생각했으니까. 너의 생각으로 매일 매일이 충만했던
그때, 나는 너와 비슷한 마스크를 가진 사람만 봐도
마음이 덜컹거릴 정도로 너를 열렬히 앓았다.
풋사과처럼 풋풋했던 나의 감정은 끝내 빨간 사과로
변하지 못했지만 후회는 없다. 나의 첫사랑, 나의 사과
같던 너. 흐르는 강물에 반짝이는 모래알 같았던 너를
나는 아마도 죽을 때까지 잊지 못할 것 같다.

Rkoh

끌림

너에게 처음 끌렸던 순간을 기억한다.
너는 사뿐히 날아와 내 마음에 내려앉았다.
그 날갯짓은 깃털처럼 가벼웠기에 나는 너를 전혀 알아채지 못했다.
너의 날갯짓을 알아차렸을 때, 나는 이미 너에게 이끌려있었다.
너에게 끌림을 느낀 순간부터 매일 내 머릿속엔 네 얼굴이 영사기로 틀어놓은 듯이 둥둥 떠다녔다.
함께 긴긴 어둠을 걷어내는 상상도 했다.
그러나 제일 좋았던 건 너를 만나러 가는 시간의 설렘이었다. 너의 두 눈에 내가 담기게 되는 시간들을 생각하며 내 입가에 가득히 번지던 미소들은 모두 다 네 것이었다. 너에게 끌리던 시간들, 그 순간속의 너는 애플민트의 향이 났다.

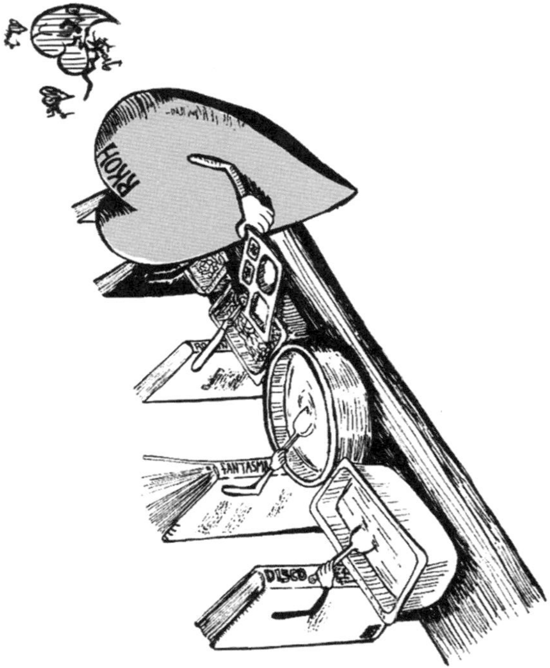
RKOH
FANTASMA
DISCO

본격적으로 독서습관이 잡히기 시작한 건 초등학교 5학년 때였다. 물론, 그 전에도 책을 친구삼아 무료한 시간을 채우곤 했지만 책이 내 영원한 동반자라고 느낀 건 열 한 살 때였으니 나름 일찍 철이 들었다는 생각이 든다.
책과 보내는 시간이 늘어날수록 나는 활자에 대한 애정도 함께 늘어남을 느꼈다. 중학생 무렵에는 학교 도서실의 소설책들을 전부 다 먹어치우듯 읽을 정도였다. 그리고 좋은 습관도 하나 생겼다. 소중하게 생각하는 사람들에게 책을 선물하는 것.
너도 예외일수는 없었다. 그렇게 독서를 즐겨하는 것 같지는 않아보였지만 그때의 너의 관심사가 매우 뚜렷해보여서 그것에 관련된 책들을 미리 알아놨다가 네 생일에 선물했다.
책은 단순한 선물이 아닌 내 마음을 너에게 전달하는 수단이었다. 지금의 너는 그 책들의 존재를 잊어버렸겠지.
그러나 나는 잊지 않고 기억하고 있다. 책장을 펼치면 당장이라도 튀어나올 듯이 생생하게 움직이던 활자들의 움직임 속에 담긴 나의 마음을. 언젠가 기회가 된다면 그때는 타인의 활자 속에서 움직이는 게 아닌, 온전히 다 내 것일 활자들을 너에게 날려 보내고 싶다.

Rkoh

내 입맛은 한결같았다.
아메리카노보다는 단맛이 강한 캐러멜 마끼야또를 선호했다. 너는 나와는 반대였다. 단것보단 쓴 커피를 좋아했다. 네가 마시던 커피처럼 나도 네게 그런 존재였을까. 적당히 쓰길 바랐는데, 쓰지 않고 달기만 했기에 너는 내 앞에서 그렇게도 쉽게 나는 뱉지도 못했던 내 감정을 선불리 먼저 뱉어 버렸던 걸까.
나는 적당한 시기를 기다리고 있었다. 매순간 너를 생각하고 있었기에, 어떻게 하면 내 말에 네가 부담을 갖지 않고 아무렇지 않게 훌훌 넘겨 버릴까하고. 근데 너는 그런 나의 생각들을 잘게 조각내놓았다. 커피 잔에 어린 물기가 마치 식은땀이 나는 내 모습 같아 보여 처량했다. 그날의 마끼야또는 내가 이제까지 먹었던 마끼야또 중 제일 쓰디썼다. 그리고 그 날 이후로 나도 너처럼 아메리카노를 먹기 시작했다.

Rkoh

만남의 횟수는 많지 않았다. 고작 세 번이었다.
심지어 길지도 않았다. 섬광처럼 짧았다. 그럼에도
불구하고 나는 오랜 시간 너를 마음에 품었다. 세
번의 만남으로 깊게 누군가를 마음에 품는다는 게
가능할거라는 생각을 단 한 번도 해본 적이 없었지만,
너는 특별했기에 그 모든 걸 가능하게 만들었다. 너를
마음에 더 깊게 품어갈수록 나는 만남의 횟수에 대해
집착을 하기 시작했고 이윽고 그것에 대한 상관관계를
연구하기 시작했다.
단테의 영원한 뮤즈이자 흠모의 대상이었던
베아트리체도 단테와 세 번 만났고, 김춘수도 아사코와
세 번의 만남을 가졌고, 김유정이 그리도 좋아했던
박녹수도 그와 고작 세 번 만났다. 그리고 나도 너와 세
번 만났다. 나는 항상 네가 있는 그 도시를 그리워했고,
너와의 네 번째 만남을 고대했다. 그 언젠가 네 번째
만남이 성사된다면 말해주고 싶다. 겨우 세 번 만났지만
당신은 참 강렬하게도 오랜 시간 내 마음을 관통하고
있었다고.

달

도시의 불빛은 달처럼 밝다. 집으로 걸어가던 어느 날, 달처럼 둥글게 매달려있던 가로등 불빛을 보며 두 개의 달이 떠있는 착각에 빠졌다. 왜 별은 무수히도 많은데 달은 하나뿐일까. 너무 빛나기 때문일까.
하늘아래 태양이 둘일 수는 없듯이. 달도, 별도, 태양도 서로 유기적으로 돌아가는데, 어째서 나는 그렇지 않은 걸까. 머리로는 너를 떨쳐냈다고 생각하면서 마음은 너를 품고 있는 이유는 뭘까. 내 마음은 달의 모양을 닮았다. 때로는 반달처럼, 때로는 꽉 찬 보름달처럼. 그렇게 모양은 변화하지만 변하지 않는 하나가 있다. 너를 향한 감정들은 달처럼 내 하늘에 언제나 떠있다. 아주 오래도록...

Rkoh

별

집으로 돌아오는 길, 무심코 올려다본 하늘이 무척이나 밝았다. 새하얀 별빛들이 쏟아질 듯이 빼곡했다. 도시에서는 쉽게 보기 힘든 별이 빛나는 밤. 한창 영화관에 〈시라노 연애조작단〉이 걸려 있을 때였다. 심야로 그 영화를 보고 집으로 돌아오는데 그날도 별이 참 아름답게 빛났다. 그래서 가던 길을 멈추고 멍하니 아무데나 주저앉아 한참동안 별구경을 했던 기억이 났다.

우주의 신비, 그리고 모든 걸 하늘에서 지켜보고 있을 별의 모습이 문득 부러워졌다. 저 별은 사람들의 마음속도 환하게 비추며 들여다보고 있겠지. 그리고 이 순간 네 마음도 반짝반짝 아름다운 빛으로 함께 비춰주고 있지는 않을까?

RKoh

티암

페르시아어로 '티암'이라는 말이 있다. 누군가를 처음 만난 순간 '반짝이는 눈빛'이라는 뜻이다. 너를 처음 보았을 때 나의 눈빛은 티암 그 자체였다. 내 눈에 비친 너도 티암이었다. 우린 같은 티암으로 서로를 마주 보았고, 이내 그 느낌이 통했다는 사실에 웃어버렸다. 반짝이던 너와 나의 눈동자에 비친 서로의 모습은 맑고 투명했다. 너를 다시 만나게 된다면 나는 그때처럼 널 티암할 수 있을까 생각해보았지만, 그러지 못할 것 같다. 그 순간의 반짝임은 스파크처럼 강렬하고도 뜨겁게 타오르고 사라져버렸으니까.

어린이날

한 여름도 아니었는데, 그해의 5월 5일은 유독 더 무더웠다. 5월이면 문득 문득 생각나는 그 날. 이제까지 내가 겪어온 어린이날 중 가장 행복했다고 지금도 자부할 수 있다. 공휴일이라서 그런지 남포동엔 더 많은 인파로 북적거렸고, 행여 너는 나를 잃어버리기라도 할까봐 내 손을 꽉 쥐고 있었다. 나도 너의 손을 꽉 쥔 건 물론이고. 이따금씩 잘 따라오고 있는지 뒤를 돌아보곤 하던 너의 머리칼 위로 부서지는 햇살은 그 어느 햇살보다도 눈부셨다. 그 날 우리는 종일 함께 있었다. 용두산 공원도 가고, 영화도 보고, 술도 마시고. 나보다 더 아이 같은 미소로 웃던 네 모습이 아직도 눈앞에 아른거린다.

영화를 볼 때 사실 나는 제대로 집중을 하지 못했다. 영화대신 계속 힐끔힐끔 너를 감상했다. 영화의 중반쯤, 너와 나의 손이 무의식중에 맞닿았고, 영화가 끝날 때까지 너와 나의 손은 하나가 되어 떨어질 줄 몰랐다.

내가 먼저 잡았을까? 네가 먼저 잡았을까? 누가 먼저 손을 잡았는지는 가물가물하지만 한 가지는 확실하다. 누가 먼저건 간에 좋았다고, 너무 좋았다고…
너는 나를 보며 아이 같다고 했지만, 내 눈에는 네가 더 아이 같아 보였다. 너와의 추억들이 선명히 박혀있는 어린이날, 그리고 5월의 나의 생생했던 감정들. 뜨겁게 타오르던 감정의 결이 그리워 질 때면 나는 너와 함께했던 그 날을 떠올려 본다.

Rkoh

사진

무심코 방 정리를 하다가 너와 함께 찍은 스티커 사진 한 장을 발견했다. 사진이라면 손사래를 치던 너지만, 그 날만큼은 달랐다. 거절하지 않고, 순순히 같이 사진을 찍어줬으니까. 너와 나는 너무도 다정한 연인의 모습으로 프레임 가득히 담겨 있었다. 한참을 멍하니 사진을 들여다보다 네가 참 그리워졌다. 그 시간, 그 공기속의 내 자신도 덩달아 그리워졌다. 우리 다시 돌아갈 수는 없을까, 그때의 다정했던 너와 나로.

Rkoh

일기와 더불어 열심히 기록했던 게 하나 있었다. 독서 감상문. 책을 읽을 때 마다 줄거리와 느낌을 단정한 줄 위에 메우곤 했었다. 쓸 땐 귀찮았지만, 쓰고 나면 뿌듯했다. 그러나 어느 순간부터 일상의 피로에 치이다보니 책을 읽어도 더 이상 나는 감상문을 쓰지 않게 되었다.

그런 내게 네가 예상치 못한 선물을 했다. 독서록. 네게 처음 받는 선물이었다. 독서록을 고르면서 내가 마음에 들어 할지, 네가 얼마나 많은 고민을 했을까 생각하니 웃음이 새어나왔다. 손재주 없는 네가 직접 한 서투른 포장마저도 사랑스러웠다. 독서록을 바라보며 나는 한동안 멈춰왔던 감상을 다시 써야겠다는 생각이 들었다. 너로 인해 이유가 생겼다, 독서록을 다시 써야 할 이유가.

Rkoh

비바람

비바람이 몰아치던 어느 오후, 나는 무작정 네 우산 속으로 뛰어들었다. 갑자기 뛰어 들어온 나를 흘깃 보며 너는 아무 말 없이 내 쪽으로 우산을 기울였다. 기울인 우산의 각도만큼 촉촉이 젖어든 너의 한쪽 어깨. 그때는 알지 못했다. 그게 사랑이었다는 걸.

R.koh

설레던 순간이 언제였는지 흐릿해지곤 할 때면 나는 가만히 눈을 감고 생각한다. 너의 모든 게 좋았던 그 순간들을. 우리의 손이 자연스럽게 스치던 시간들도. 한여름의 태양은 너무도 뜨거웠고, 맞닿은 너와 나의 손의 체온도 못지않게 뜨거웠지만, 그것보다 더 뜨거웠던 게 있었다. 그건 너를 향한 나의 설렘의 감정.

그렇게 뜨겁던 설렘의 감정이 지금은 차가운 색으로 변해버릴 정도로 많은 시간이 흘렀다는 게 실감나지 않지만 한 가지는 알 것 같다. 내가 너에게 품었던 새빨갛던 설렘을 너는 내게 품은 적이 없다는 걸.

그래서 나의 설렘의 색은 결국 변하고 말았다는 걸.

Rkoh

아낌없이 주는 나무

〈아낌없이 주는 나무〉처럼 네게 아낌없는 존재가 되고
싶어서, 나는 내가 줄 수 있는 것들을 모두 네게 주었다.
난 행복했지만, 정말 행복했던 건 아니었다. 아낌없이
주는 만큼 네가 옆에 계속 있어주길 바랬지만 너는 항상
내 옆에 있지는 않았으니까. 그래도 네가 잠시라도
힘들 때 내게 기대어 쉬어간다면 나는 행복할 것이다.
아낌없이 네게 전부 다 주어버려 비록 가진 게 마음
하나밖에 남지 않아도.

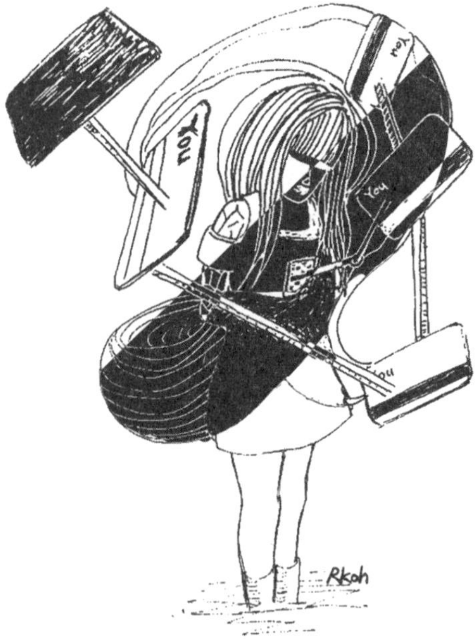
You
You
You
You
You
Rkoh

버스카드

세상이 참 많이 좋아졌다고 느낀다. 이제 어딜 가나 버스카드의 기능이 탑재된 물건들을 심심찮게 볼 수 있다. 그러나 나는 충전식 버스카드를 더 즐겨 쓰는 편이다. 묵묵히 버스카드의 기능만을 다하고 있는 녀석이 맘에 들었다.
어느 날 버스카드를 찍는데 그런 생각이 들었다. 버스카드는 충전하면 금세 언제 충전했냐는 듯이 사라지고 만다. 근데 왜 너를 향한 내 마음은 사라지질 않을까. 계속 충전하고 있는 것도 아닌데. 내 마음에 집을 짓고서 그곳에 사라지지 않게 머물러 있는 것 같다. 너의 생각으로 아픈 날이면 차라리 나도 버스카드가 되고 싶다. 버스카드는 마음을 비우는 것에 익숙할 테니까.

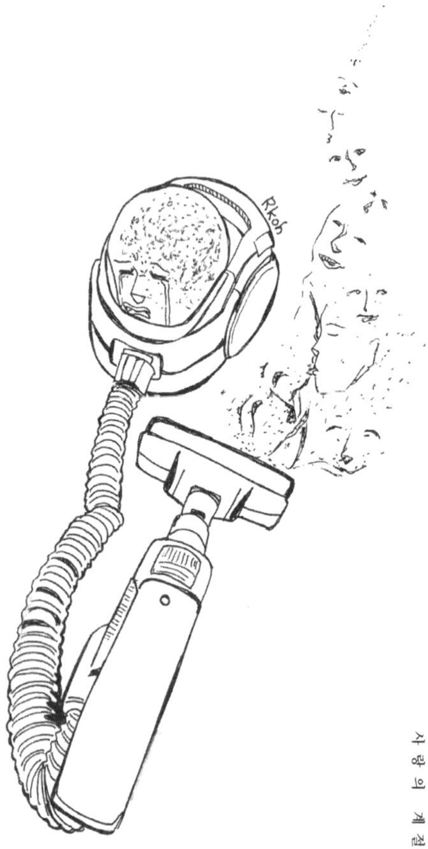
Rkoh

쓸어도, 쓸어도 매일 뒹구는 바닥의 먼지들처럼 마음을 쓸어내도, 너는 내안에서 끝없이 재생되곤 했다. 기억의 바닥을 남김없이 몽땅 다 쓸게 될 즈음이면, 나는 더 이상 너를 재생하지 않을 수 있게 될까.

Rkoh

편지

틈날 때마다 편지를 쓰곤 한다. 편지가 풍기는 특유의 아날로그적인 느낌도 좋고, 같은 말을 해도 편지에 담아 보내면 진정성이 짙어진다는 생각에서이다. 그래서 너에게도 참 무수히도 많은 편지를 썼었다. 비록 전한건 거의 없다시피 하지만. 텅 빈 방안에 앉아 너로 가득 찬 마음을 종이위에 서걱서걱 써내려가던 그 느낌은 절절하고 또 절절했다.
전하지 못할 걸 알면서, 이번에는 보내야지 하는 생각으로 최대한 내 마음을 감추고 쓴 글자들. 어차피 보내지 못할 걸 알았더라면 종이위에서라도 편하게 마음을 표현해볼걸 그랬다. 결국은 내 손안에서 찢겨진 채 흩어져버린 편지 조각들. 덤덤한 척 감정을 눌러가며 썼을 수많은 사랑의 연서들이 참 아프다.

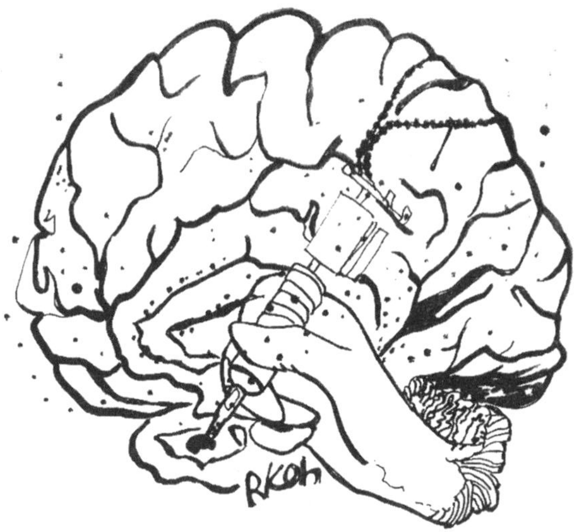
RKoh

거의 10년이 다 되어가는 기억을 더듬어 네 이름을 찾아냈다. 사실, 기억을 더듬을 필요는 없었는지도 모른다. 네 이름을 한 번도 잊고 살아본 적 없으니까. 잊은 적 없음에도 불구하고 나는 한 번도 소리 내어 네 이름을 불러본 적이 없었다. 그 시절의 나에게 있어서 너의 이름은 일종의 자존심과도 같았다. 내 감정에 대한 자존심. 항상 닿을 듯 닿지 않았던 너였기에, 이름을 부르면 결국 닿지 않은 채 모래알처럼 손가락 사이로 빠져 나가 버릴까봐 부르지 못한 것도 있었다. 너의 이름을 아껴두기 시작하면서 너를 나 혼자만의 암호로 부르곤 했다. 그래서일까. 지금도 이름보단 그 단어가 더 익숙한 느낌이 든다.

너의 이름은 내 사랑의 또 다른 이름이기도 했다. 나는 너의 이름을 사랑했다. 너의 이름과 같은 이름을 가진 작가의 작품을 읽으며 너를 떠올리기도 하고, 때로는 그리워하기도 했다. 오랜 시간이 흘렀음에도 불구하고 여전히 너의 이름을 발음하는 건 낯설다. 그 낯설음은 아직도 내가 너를 그 정도로 소중히 여긴다는 증거가 아닐까.

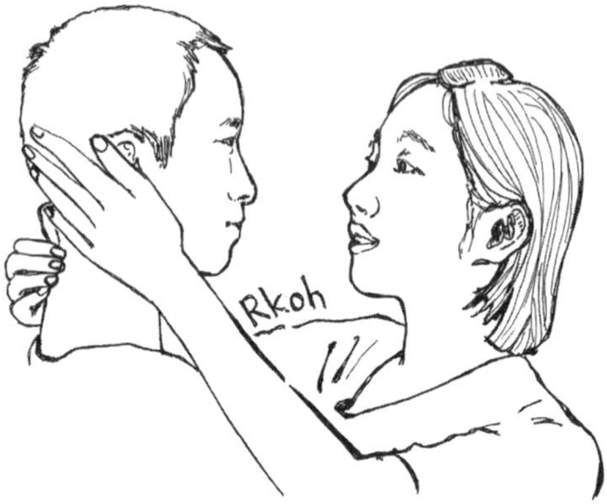
Rk.oh

눈

나는 얼굴에 대한 칭찬보다 눈에 대한 칭찬을 듣는 게 더 좋다. 섬에서 지냈던 시기에 유독 눈에 대한 칭찬을 많이 들었다. 아이처럼 맑고 순수해 보인다는 사람도 있었고, "경계심을 해제시키는 눈빛이다, 호수처럼 깊다, 밤하늘의 별만큼이나 반짝거린다"는 얘기 등등. 단면적인 얼굴에 대한 칭찬보다 눈에 대한 칭찬이 더 좋은 건 이렇게나 다양한 이야기들을 들을 수 있기 때문일지도 모른다.

그들과 눈을 맞추며 이야기 나누었던 순간들이 파노라마처럼 스친다. 그리고 네 눈을 바라볼 때 가장 신이 났던 나의 두 눈도 생각난다. 너의 두 눈은 자석처럼 나를 끌어당겼다. 빨려 들어가는 느낌을 붙잡으며 바라보았던 너는 얼마나 아름다웠는지 모른다. 그러나 아름다움을 느끼는 것도 잠시였다. 서로 다른 방향으로 우리의 눈빛이 엇갈렸다. 서로가 인연이 아님을 짧은 눈빛으로도 직감했던 거다. 그래도 우리의 눈은 멈출 줄 몰랐다. 또 다른 인연을 찾을 때까지 아마도 절대 멈춤은 없을테지.

RKoh

너의 얼굴을 바라보고 있으면 나는 말로 표현하기 힘든 기분을 느꼈다. 내 세포 하나하나가 마치 너를 향해 뛰어가는 것만 같았다. 작은 소망을 품었다. 계속 이렇게 네 얼굴을 볼 수 있게 해달라는 소망을. 네 뒷모습을 볼 때면 내 세포들은 비를 맞아 바닥에 떨궈진 꽃잎처럼 힘없이 늘어지곤 했으니까. 너에게 처음 반했던 그 모습을 떠올리려고 해보는데, 자꾸만 흐릿해진다. 너의 얼굴이 드라이아이스처럼 차가운 공기를 내뱉던 순간만 어째서 강렬하게 남아 버린 걸까. 햇살처럼 밝게 웃는 너의 얼굴이 보고 싶다. 내 세포들이 다시 환하게 움직일 수 있도록.

올림픽이 4년에 한 번씩 열리듯이 뜨거움은 거의 4년 주기로 나를 찾아왔다. 물론 그 주기가 아닌 때에도 뜨거운 적이 있긴 했었지만, 그건 뜨겁다기보다는 잠시간의 불꽃같은 거였다. 주기마다 호되게 뜨거웠던 나는 생각했다. 두 번 다시 그 누구도 마음에 품지 않으리라고. 뜨거웠던 만큼 너무 아팠으니까. 내가 뜨거웠던 만큼 너도 뜨거웠다면 나는 덜 아플 수 있었을까. 마음이 조각나 흩어지는 기분이 나를 나락까지 밀어 넣는 와중에도 뜨거움을 멈출 수가 없었다. 뜨거움은 내가 살아있다는 하나의 증거였으니까.

Rkoh

"책 좀 추천해 줘."

종종 너는 내게 책을 추천해달라고 말했다. 그런 너의 말에 나는 고심하며 책을 골라 내밀었지만 정작 내게 돌아오는 건 맘에 들지 않는다며 퇴짜를 놓는 목소리뿐이었다. 나름대로 공들여 고른 책들인데 퇴짜를 놓는 네가 참 얄미웠다. 그렇지만 지금은 왜 네가 퇴짜를 놓았는지 알 것도 같다. 단 번에 오케이를 해버리면 책 핑계로 우린 만날 수가 없으니까. 그것은 무언의 신호였다. 나를 봐달라고, 네가 나에게 보내는 신호.

RKOH
ITALIA

일기

스물한 살 때까지 꾸준하게 일기를 썼었다. 유치원생 때부터 쓰던 그림일기를 시작으로, 글만 빼곡한 일기를 쓰게 되기까지 참 꾸준하게도 나는 하루도 놓치지 않고 종이위에 내 일상을 기록했다. 때로는 일기장에 시를 써놓기도 하고 좋은 명언들을 메모해놓기도 했었다. 그다지 쓸 말이 없을 때도 일기를 썼다. 단 한 줄이라도 꾸준히 쓴다는 것에 의의를 두었으니까. 일기는 나의 역사였다. 한 번씩 일기장을 들춰보면 일기를 쓰던 그 순간들이 생각나서 피식 웃음이 나왔다.
그런 역사의 기록을 너에게도 보여주고 싶어서 너를 위해 공책 하나를 가득 채워 매일 일기를 썼던 날도 있었다. 결국 전달하지는 못했지만... '버릴까, 찢을까, 태워버릴까'라고 무수히 고민 했었다. 그러나 결국 그냥 두기로 했다. 그때의 순수했던 내 모습이 참 아련하고, 그것도 내 역사의 일부분이라는 생각에. 더 많은 시간이 지나고 기회가 닿는다면 너에게 그 일기를 선물하고 싶다. 내가 지금은 가지고 있지만, 그 일기의 진정한 주인은 너이기에.

Rkoh

모딜리아니는 눈동자가 없는 작품을 많이 그렸다. 그에게 있어서 눈동자란 영혼이었다. "내가 당신의 영혼을 알 때, 당신의 눈동자를 그릴 것이다" 라는 그의 말은 아름답고 로맨틱하지만 구슬프다. 그토록 열렬히 사랑했던 잔느의 눈동자를 그리게 된 순간, 그는 어떤 생각을 했을까. 정말 영혼을 알게 되었을까. 어쩌면 그는 눈동자를 통해 그들의 심연 끝을 들여다보았을지도 모른다.
가끔 알 수 없는 너의 텅 빈 눈동자를 보고 있으면 나도 모딜리아니가 된 것 같은 기분이 들었다. 너의 심연이 보이는 기분이 들었으니까. 모딜리아니와는 다른 방법으로 네 눈동자를 그리게 될 때가 오면 나는 네 영혼을 알 수 있을까.

외로움

외로움이란 참 이상하다. 너와 함께 있을 때는 마음속 언저리부터 몽글몽글한 감정이 따뜻하게 퍼지는 느낌인데, 네가 옆에 있지 않을 때면 그런 감정들을 마치 주사기로 전부 다 빼낸 듯이 외로움이 독처럼 전신에 퍼진다. 나는 분명 너를 참 좋아하는데, 너로 인해 외롭지 않다고 생각하건만. 그럼에도 불구하고 형용하기 힘든 이 외로움은 어디서 오는 걸까. 얼른 네가 내게 다가와 꼭 안아주면 좋겠다. 내가 외로움을 느끼지 못하도록.

덤덤함

이별을 고하는 순간, 너의 표정은 참 덤덤했다. 이별이라고 말을 내뱉지 않았어도 나는 알 수 있었다. 이것이 이별임을. 괴로웠다. 도무지 네 표정을 읽을 수가 없어서. 평소와 다르지 않은 표정으로 덤덤히 말을 이어나가는 너를 보며 허탈한 웃음만 났다. 내가 누군가에게 만남의 종결을 말하던 그 순간에 어쩌면 나도 너 같은 표정을 짓고 있진 않았을까하는 생각이 문득 들었다. 내가 너의 표정을 읽지 못하듯, 그도 나의 표정을 읽지 못해 괴롭진 않았을까. 왜 덤덤해야만 했을까, 그 순간의 우리는.

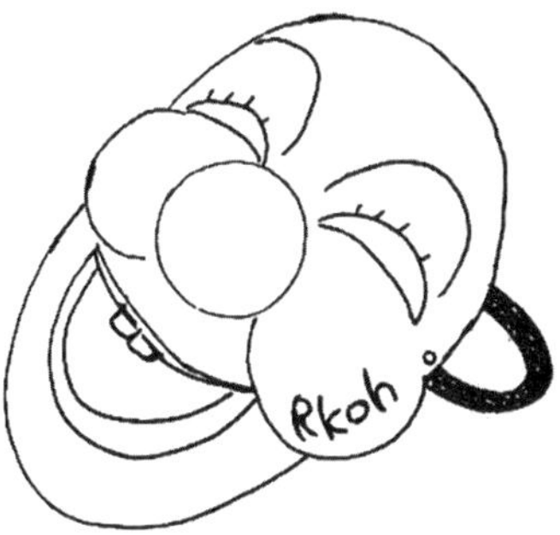

Rkoh

착각

오랜만에 마음이 덜컹거리는 기분을 느꼈다. 일을 마치고 집으로 가기위해 버스정류장에 서서 버스를 기다리는데 그곳에 서있던 너를 보았다. 정류장은 어두웠고 옆모습만 살짝 보일뿐이라 네가 아닐 수도 있었지만 나는 철썩 같이 너라고 믿었다. 입고 있는 옷 스타일과 체격까지도 너와 흡사했으니까.
신호에 걸려 이쪽으로 넘어오지 못하고 있는 버스를 보는 척 나는 네 쪽으로 시선을 계속 던졌다. 이윽고 버스가 눈앞에 다다르고, 나는 드디어 너의 옆모습이 아닌 앞모습을 볼 수 있었다. 이럴 수가. 네가 아니었다. 내가 바라던 얼굴이 아니었다. 너라고 짧은 시간동안 그리도 믿었던 얼굴은 네가 아니었다. 어쩌면 그건 너를 너무도 간절히 바라던 내가 만들어 낸 하나의 허상은 아니었을까.

COUPON
Rkoh

허무함

문득 생각나서 번호를 눌렀는데, 없는 번호라고 말하는 낯선 여자의 목소리가 귓가에 울려 퍼졌다. 가깝다고 느꼈던 사람의 전화번호가 없는 번호라고 뜰 때의 그 허무감은 느껴본 사람만 알 수 있다. 무슨 일이 생겼나 싶어서 걱정도 되고, 왜 바뀐 번호를 알려주지 않았나 싶은 마음에 서운한 감정도 들지만 제일 크게 다가오는 건 허무함이다. 원래부터 모르고 지내던 사람이었던 것처럼 모든 게 지워진 듯 한 느낌의 '없는 번호'라는 네 글자. 나는 당신이 내 기억 속에서 리셋 되지 않기를 바란다.

Rkoh

휴지

나는 네게 있어서 휴지 같은 존재였다. 자꾸 풀어써도 끝없이 너를 향해 달콤한 말들을 내뱉었으니까. 내 마음의 휴지에도 끝이 있음을 너는 몰랐기에 그랬던 걸 테지만. 조금씩 지쳐가던 나는 네가 휴지가 되길 바랐다. 나의 휴지가 이윽고 바닥을 보였을 때, 너도 비로소 휴지가 되었다. 이제는 내가 너의 휴지를 풀어쓸 때다. 가감 없이 나를 향해 풀어낼 너의 마음이라는 이름의 휴지를.

I 기대

기대하지 말아야지 하면서도 희망이 눈앞에 보이면
기대를 하게 되는 게 사람의 심리다. 너도 그랬다. 내가
기대하지 말아야지 하면서 기대치를 낮추고 마음을
숙이고 있으면, 어느새 다가와 기대감의 씨앗을 하나씩
심어주었다. 그게 말도 안 되는 희망고문이라는 걸
안다. 그러나 나는 사랑의 바보니까. 네 앞에서는 한
없이 바보가 되니까, 알면서도 그 기대감에
속고 또 속고 만다.

Rkoh

끝

심할 정도로 마음이 공허해지던 순간, 문득 그런 생각이 들었다. 내가 지금 벌을 받고 있는 건 아닌가 하는. 온 신경이 모두 따끔따끔했다. 뿌옇기만 하던 길 끝에 서서 너와의 이별을 곱씹으며 한참동안 소리 없는 눈물을 흘렸다. 끝이구나. 정말 끝이구나. 이제 다시는 같은 표정, 같은 말투로 너를 볼 수도 만날 수도 없다. 그렇게 그 날 우리는 세상의 모든 마지막이 그러하듯 슬픔을 끌어안고 헤어졌다.

만우절

만우절이라 다행이다.
무슨 반응을 보일지 걱정하지 않고
네게 보고 싶다는 말을
뱉어낼 수 있으니까.

여행의 계절

Rkoh

반딧불이

도시에서는 반딧불이를 볼 수 없을 거라고 생각했었다. 여느 때와 같이 집으로 돌아오는 길, 나는 믿을 수가 없었다. 여름의 공기위로 사뿐히 날갯짓을 하고 있는 불빛 하나가 보였다. 내 눈을 의심했다. 존재감을 어필이라도 하려는 듯 반딧불이는 한참을 내 시선이 머무르는 곳에서 날아다녔다. 아름다웠다. 도시의 휘황찬란한 불빛과는 비교도 안 되게 작은 불빛이지만, 몽롱하고 헤어 나올 수 없는 아름다움이 보였다. 반딧불이를 보며 코끝에 흙냄새가 스치는 기분에 휩싸였다. 반딧불이 하나로 자연의 신비가 느껴지던 어느 밤이었다.

Rkoh

일 년 가까이 그 섬에서 지냈다. 참 많은 추억들이 있었고, 수많은 사람들도 만났다. 처음 만난 사람들이라고 하기에는 너무도 우린 친근했고, 같은 시간들을 공유했다. 좋은 일만 있었던 건 아니지만 안 좋았던 기억들도 상쇄될 만큼 좋았던 일들이 더 깊게 기억 속에 자리하고 있기에, 그 섬은 내게 힐링으로 남았다. 사실, 처음에는 편도로 짧게 머무르다 오려고 했는데 그게 길어져서 제주의 사계절을 다 만나고 돌아오게 되었다. 나는 그 섬에서 보헤미안의 삶을 잔뜩 만끽했으며, 나중에는 완전한 정착을 하리라 꿈꾸게 되었다. 나의 사랑, 나의 제주. 생각만 해도 두근거리는 그 섬에 내가 있었고 우리가 있었다.

R.Koh

무더위가 밤의 공기까지 집어삼킬 정도로 덥던 어느 가을날, 나는 당신과 함께 새벽의 용눈이 오름에 올랐다. 용눈이 오름 정상에 쭈그려 앉아 저 멀리 바닷가의 불빛들을 구경하며 이런저런 이야기를 나누었던 그 순간이 지금도 또렷하다. 별구경을 위해 나온 거였는데 정작 목적이었던 별은 흐린 날씨 탓에 보질 못했지만 별보다 더 반짝이던 시간들을 나누었음에 지금도 감사하다.

내방 한편엔 당신이 준 자그마한 손전등이 아직도 자리하고 있다. 다음에는 휴대폰 불빛대신 그 손전등을 켜고서 같이 또 오름에 올랐으면 좋겠다. 잊지 못할 새벽의 오름, 그리고 이야기들. 당신과 나만이 기억할 수 있던 그 시간들이 새겨져있던 그 날의 용눈이는 참 포근했다.

Rkoh

모닥불

모닥불은 사람을 낭만적으로 만든다. 타닥타닥 타들어가는 모닥불 앞에 앉아 술잔을 기울이며 기타소리에 맞춰 불렀던 노래들이 귓가에 아른거린다. 종종 나도 노래를 뽑곤 했는데, 주로 '너무 아픈 사랑은 사랑이 아니었음을'을 부르곤 했다. 제목이 길기 때문에 '너사사'라고 줄여서 부르며 반주를 요청하곤 했는데, 그 노래를 부르고 있을 때면 내 감성은 최고조에 다다르곤 했다. 노래방 반주와는 다른 날것의 맛을 가진 기타연주는 모닥불 특유의 아날로그적인 느낌을 극대화시켰다. 모닥불에 구워먹던 오징어의 맛은 어찌나 일품이던지. 그리고 모닥불 앞에 옹기종기 앉은 사람들과 너도 모닥불의 낭만을 더하는 요소 중 하나였다.
괜히 쓸쓸해지는 날이면 모닥불의 훈기가 그리워진다. 모닥불은 나의 힐링 이었기에 더 그럴지도 모른다. 오늘 같은 날, 모닥불 앞에 앉아서 노래 부르며 오징어에 소주 한 잔 하고 싶다.

R.KOH

엽서

뜻하지 않은 엽서를 받을 때면 기분이 좋다. 얼마 전 엽서를 받았다. 이사를 해서 뒤늦게 엽서가 온 걸 발견했던지라 감동은 더 컸다. 당신과 나의 마무리 문장은 항상 맞춘 듯이 고맙다는 말로 이어져 있다. 내가 더 고마운데 말이다. 엽서를 받으니 무료한 일상에서 떠나 그 섬으로 떠나고 싶어졌다. 그 섬이 내게 안겨준 고마운 인연. 입버릇처럼 하곤 하는 말이지만 한 번도 진심이 아닌 적 없던 말, "인연이 되어줘서 감사합니다."

당신과 나는 인연이라는 이름의 실로 추억의 공기를 함께 나눈다. 오늘도 나는 사각거리는 볼펜을 들어 종이에 글자를 써내려간다. 인연이라는 이름의 글자를.

Rkoh

선암사

벚꽃이 피는 봄, 순천 선암사에는 홍매화가 핀다. 매화향기가 흐드러지게 넘실거리는 선암사의 낮은 밤보다 밝다. 남들이 벚꽃을 보러 소풍 길을 나설 때 나는 선암사로 탐매여행을 떠나곤 한다. 정호승 시인의 시 '선암사'를 떠올리며 꾹꾹 눌러놓은 눈물들을 모아 선암사로 가지고 가는 그 길이 나는 참 좋다. 선암사 입구에 위치한 승선교의 모습에서 제일 먼저 나는 안정감을 찾는다. 우뚝 선 승선교가 삶에 찌든 내 모습을 깨끗하게 정화시켜주기에.
눈물을 매화나무 아래 내려놓고 선암사에서 발걸음을 돌리는 순간, 비로소 나는 맑게 미소 지을 수 있었다.
꽃 피는 봄에 눈물이 난다면 선암사로 가라. 그리고 매화나무 아래서 눈물을 다 털어놓아라. 포근한 매화 향이 외롭지 않게 당신을 위로 해 줄 테니…

Rkoh

팔찌

지금도 내 팔목과 발목에는 팔찌들이 채워져 있지만, 섬에 있던 시기에는 더 많은 팔찌들이 주렁주렁 매달려있었다. 섬에 있을 때 찼던 팔찌들은 내가 직접 구입한 건 하나도 없었다. 전부 여행객들이 주고 간 것들이었다. 일부는 졸라서 얻어낸 것도 있긴 하지만. 그들은 자신이 이곳에 머물렀다는 상징으로 팔찌들을 내게 남기고는 떠났다. 그래서 일까. 팔찌들을 보면 그들의 얼굴이 생각난다. 짧은 시간이지만 타인이 아닌 우리가 되어 함께 했던 시간들이.

Rkoh

아무 생각 없이 걷다가 텐노지 공원에 들어섰는데 때마침 맥주 축제가 진행 중이었다. 참새가 방앗간을 지나칠 수는 없는 법. 더운 날씨에 시원한 생맥주는 놓치기 힘든 유혹이었기에 망설임 없이 축제에 나도 동참했다. 다소 비싼 가격의 생맥주를 사고, 공연을 구경하며 들뜬 분위기의 사람들 틈에 앉아 있는데 우연히 바로 옆에 앉은 일본인 할머니들과 이야기를 나누게 되었다.

서로 다른 언어 탓에 의사소통이 원활하지는 않았지만, 마음으로 우리는 나이와 국경을 뛰어 넘어 통하고 있음을 금방 느낄 수 있었다. 축제의 묘미란 바로 이런 게 아닐까. 경계를 허물고, 언어적 장벽을 넘어서 타인과 한 마음이 되어 즐거움을 나눌 수 있는 것.

RKoh

어딘가로 떠난다는 일은 설렘을 동반한다. 그게 비록 지루한 긴 시간의 버스여행이라 하더라도 그렇다. 미리 예매해둔 버스표를 보며 내일 오전 일찍 떠날 생각에 두근두근 거리는 마음으로 잠 못 든다. 버스에 몸을 싣고, 빠른 속도로 바뀌는 창밖 풍경을 보며 이어폰 사이로 흘러나오는 음악을 듣고 있으면 기분이 좋다.
떠날 때는 이렇게나 신나는데, 돌아오는 길은 아쉬움이 가득해서 그런지 우울감에 젖어든다. 그 장소, 그리고 너에 대한 만남의 여운 때문이겠지…
매번 반복되곤 하는 순차적인 감정을 그래도 떨쳐내고 싶진 않다. 지역과 지역을 관통하는 그 버스 안에서 나는 꿈을 꾸는 삶의 여행자니까.

Rkoh

내게 함덕은 만남과 이별의 밀물과 썰물이 드나드는 곳이었다. 함덕 해수욕장 앞에 앉아 떠나는 이가 선물로 건네주었던 책을 펼쳐든 순간, 왈칵 쏟아지던 눈물들은 이별의 썰물 속 한 가운데에 홀로 남겨진 느낌과도 같았다. 모든 만남에는 이별의 순간이 존재함을 알지만 그 날 만큼은 유독 더 쓸쓸했다.
함덕에서 많은 인연들과 마주하고, 이별했건만 그 날은 왜 그렇게 슬펐는지 모르겠다. 펼쳐든 책에 나온 말들이 내 마음을 후벼 팠기 때문일까. 이상하게도 다른 때보다 더 시리던 그 날의 함덕 바다를 보며 나는 결심했다.
모든 인연과 만남을 잊지 않고, 기록으로 남기겠다고.

Ho mal di testa!
Ciao! caio!
buonissimo!
così così
Biancaㅋㅋ
Adriana ㅋㅋㅋ
Voglio partire
Che
fantasma Salute!
Tiamo S.A
Ieri ho bevuto troppo
il soju.
Voglio partire
Andiamo in Italia!!
Vietato fumare... Rkoh

유럽 중 어느 나라가 가장 매력적이냐고 물어본다면 이탈리아라고 나는 바로 답할 수 있다. 이탈리아는 참 아름다운 나라다. 그래서 내가 홀렸을까. 홀리듯 선택한 나의 전공은 이탈리아에 대한 것이었다. 전공임에도 불구하고 완벽하게 그 언어를 구사하지는 못하지만 욕이랑 칭찬은 알아들으니까 그걸로 된 거 아닌가 하는 위안을 한다. 이탈리아를 배경으로 글도 꽤나 썼었다. 한때 나는 마피아가 되겠다는 얘기를 하고 다닌 적이 있었는데, 그도 그럴 것이 이탈리아 마피아 카모라에는 여성보스가 있었기 때문에, 아예 허무맹랑한 소리는 아니었으리라 생각한다.

영화, 스포츠, 예술 등 그 무엇 하나 빠지는 게 없는 그 나라를 꿈속에서만 가보았지만 언젠가 발걸음 할 기회가 있으리라 믿는다. 진한 에스프레소를 마시며 햇볕아래서 글을 쓰면 얼마나 낭만적일까. 버킷리스트 하나를 실현하게 될 때쯤이면 나는 이탈리아만의 낭만과 여유를 느끼며 그곳에 머무르고 있겠지.

Rkoh

나는 햄버거를 좋아한다. 햄버거라면 어느 것이든 다 좋지만, 제주 생활하며 베어 물던 햄버거의 맛을 잊을 수가 없다. 패스트푸드점이 곳곳에 널려있는 도시와는 달리 그렇게 흔하게 만은 널려있지 않아서, 햄버거가 먹고 싶을 때면 지루한 시간을 참고 버스를 타고 나갔다 와야 하나 고민하곤 했다. 한 번씩 시내로 나가게 될 때면 마음이 두근거렸다. 햄버거를 먹을 수 있다는 생각에. 육지로 돌아온 후 다시 줄기차게 햄버거를 먹게 됐지만 그때의 맛이 나질 않는다. 햄버거를 기다리며 인내하는 시간이 짧아서일까. 햄버거에도 인간관계처럼 기다림의 미학이 작용된다는 걸 이제야 깨닫는다.

광치기 해변

성산 생활에서 제일 신났던 건 광치기 해변이 가깝다는 거였다. 내가 스텝으로 머무르던 게스트하우스와 광치기 해변은 걸어서 십오 분에서 이십분 정도면 닿을 정도로 꽤나 가까운 편이었다.
처음 성산에서 스텝 생활을 시작하던 날, 제일 먼저 광치기 해변부터 갔었다.

광치기의 뷰는 너무나 아름답다.
왼편으로는 성산일출봉이 한 눈에 들여다보이고, 아침에는 일출이 뜬다. 간판도 없는 광치기의 가게에서 소라 한 접시를 두고 먹는 낮술은 최고의 별미중의 하나였다.

성산으로 놀러오는 사람들을 데리고 종종 새벽같이 일어나 광치기의 일출을 보러 갔는데, 아주 청명한 날이 아닌 이상 구름에 가려져서 웬만하면 둥근 해를 보기 힘들었다. 운 좋게 계란만한 해가 바다위로 떠오르는 모습을 발견 할 때의 짜릿함은 참 컸다.

아무것도 보이지 않는 깜깜한 밤의 광치기에서 휴대폰 불빛을 하나 켜놓고 사람들과 도란도란 이야기를 나누던 시간도 일출 못지않은 즐거움을 주곤 했다.
내비게이션에 검색해도 잘 나오지 않는 광치기이지만, 내 머릿속에는 광치기의 길들이 펼쳐져 있으니 언제든 무리 없이 찾아갈 수 있다. 그런 광치기가 있어서 나의 성산 생활은 더 아름답게 빛났다.

나는 한곳에 오래 머무르질 못한다. 끊임없이 돌아다녀서 그런지 어딘가에 오래 머무른다는 게 부담스럽게 느껴진다. 집보다 밖이 더 편하다는 생각도 매번 든다. 사람들은 그런 나를 보며 역마살이 제대로 꼈다고 말했다. 그게 역마살이면 뭐 어때. 내가 좋다고 느끼면 그만인 것을. 나는 짧더라도 여행이라는 이름을 붙여서 다니는 게 좋고, 그 이름 아래서 행복감을 느낀다. 사실 여행이라는 이름을 딱히 붙이지 않아도 될지도 모른다. 우리의 삶 자체가 긴 여행의 하나니까. 끝이 보이지 않는 길디긴 우리의 삶의 여행, 그 끝에는 무엇이 기다리고 있을까?

アルファー
アルファー

청수사로 향하던 버스 안에서 갑작스레 내리자는
말에, 반짝이는 교토의 거리위로 발걸음을 내딛었다.
예정에는 없던 하차였지만 마냥 좋았다. 여행의 묘미란
즉흥에 있으니까. 나란히 교토의 거리를 거니는
그 순간, 말로 표현하기 힘든 자유로움이 들었다.
일상에서는 쉽사리 틀에서 벗어나기가 힘들기에 이처럼
작은 일탈이 더 짜릿하게 느껴졌다. 왁자지껄한 소음도,
엉뚱한 경로를 알려주던 지도마저도 그저 즐거웠다.
차가울 줄만 알았던 교토의 거리가 목련 꽃잎처럼
부드럽게 발끝에 다가오는 순간, 비로소 나는 행복감에
겨운 숨을 뱉어낼 수 있었다.

BESTSELLER
RKoh

서점

서점은 얼마 남지 않은 아날로그의 향기를 간직한 공간이다. 고요한 서점에 서서 무슨 책을 살까 고민하며 책장을 넘기는 시간은 참 좋다. 심신이 안정되는 느낌이랄까. 코끝을 스치는 특유의 종이냄새도 기분 좋고. 서점을 둘러보다 우연찮게 마음에 드는 책을 발견 했을 때의 느낌은 마치 콜럼버스가 새로운 대륙을 발견했을 때의 기분과 비슷할 거라 생각한다. 수많은 아날로그적인 공간들이 사라져가고 있지만, 서점만큼은 사라지지 않고 오래도록 그 자리에 있었으면 좋겠다. 서점이야말로 인류의 과거와 현재를 이어주는 타임슬립 같은 존재니까.

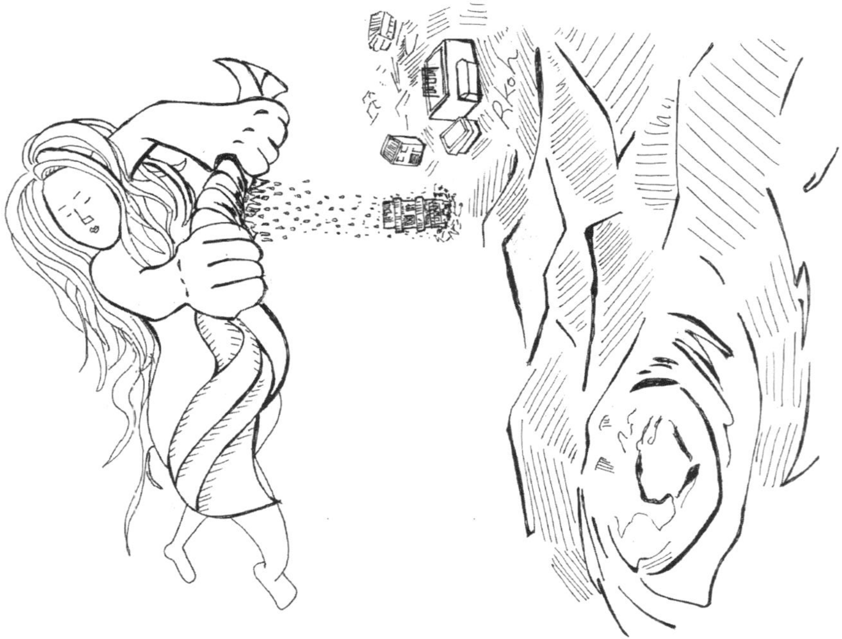

중산간

제주도의 날씨는 언제나 변화무쌍하지만 제일 변화무쌍한 건 중산간의 날씨였다. 비 소식이 없는 날에도 중산간에는 매일 같이 비가 왔다. 구름이 지나가다 쉬어가는 휴게소 같은 장소여서 그런 걸까. 날씨가 좋은 날, 신나는 마음으로 뽀송뽀송하게 마를 빨래를 생각하며 널어놨는데 잠시 한눈을 파는 사이 빨래가 소나기에 다 젖어버린 일도 허다했다. 그런 중산간의 날씨가 처음에는 적응이 되지 않아 자주 센치해 졌지만 어느 순간에는 나도 그 날씨를 조금은 즐기기 시작한 것 같다. 빗방울이 떨어지는 처마 아래에서 내리는 비를 바라보며, 조그맣게 틀어놓은 스피커 사이로 흘러나오는 노래를 음미하며 평상에 누워있던 시간들이 오히려 지금은 그리울 정도니까. 그래서 지금의 나에게 중산간의 날씨는 센치함도 아닌 그리움이다.

여행의 계절

문자

문자는 휴대폰으로 느낄 수 있는 유일한 아날로그다. 스마트폰을 쓰지만 굳이 메신저를 설치하지 않는 사람들이 있다. 당신도 그랬다. 우리의 연락은 대부분 빽빽한 문자로 이루어졌고, 종종 문자 대신 엽서나 편지도 주고받았다. 문자를 주고받는다는 것의 기쁨을, 당신으로 인해 오랜만에 느꼈다. 그리고 아날로그에 대한 향수가 되살아났다. 나는 그 아날로그적인 느낌이 좋다. 그리고 그런 당신과 인연이어서 더 좋다.

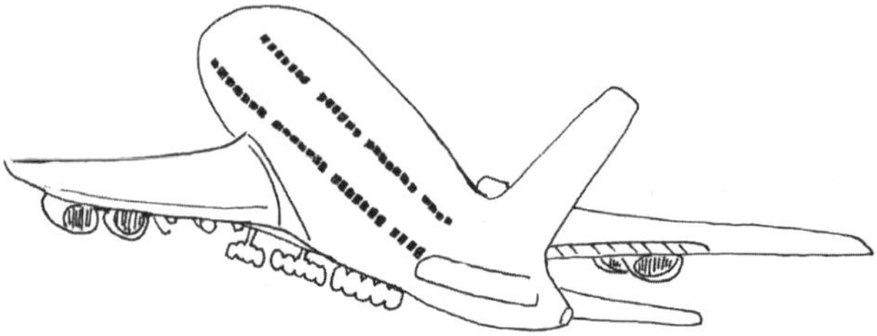

공항

햇살이 맑게 비추던 오전, 공항에서 비행기 탑승을 기다리며 의자에 앉아 꾸역꾸역 먹었던 주먹밥이 문득 떠오른다. 꾸역꾸역 이라고 하기에는 사실 너무도 맛있었지만, 이상하게도 목이 메어서 그 맛있던 주먹밥이 쉽게 넘어가지 않았다. 주먹밥을 베어 물며 생각했다. 지금 내가 먹고 있는 건 주먹밥이 아닌, 그리움의 시간은 아닌 지. 여행의 끝이라는 아쉬움을 떨치기 위해 나는 그 시간들을 억지로 베어 물고 삼키고 있었던 건 아니었을까.

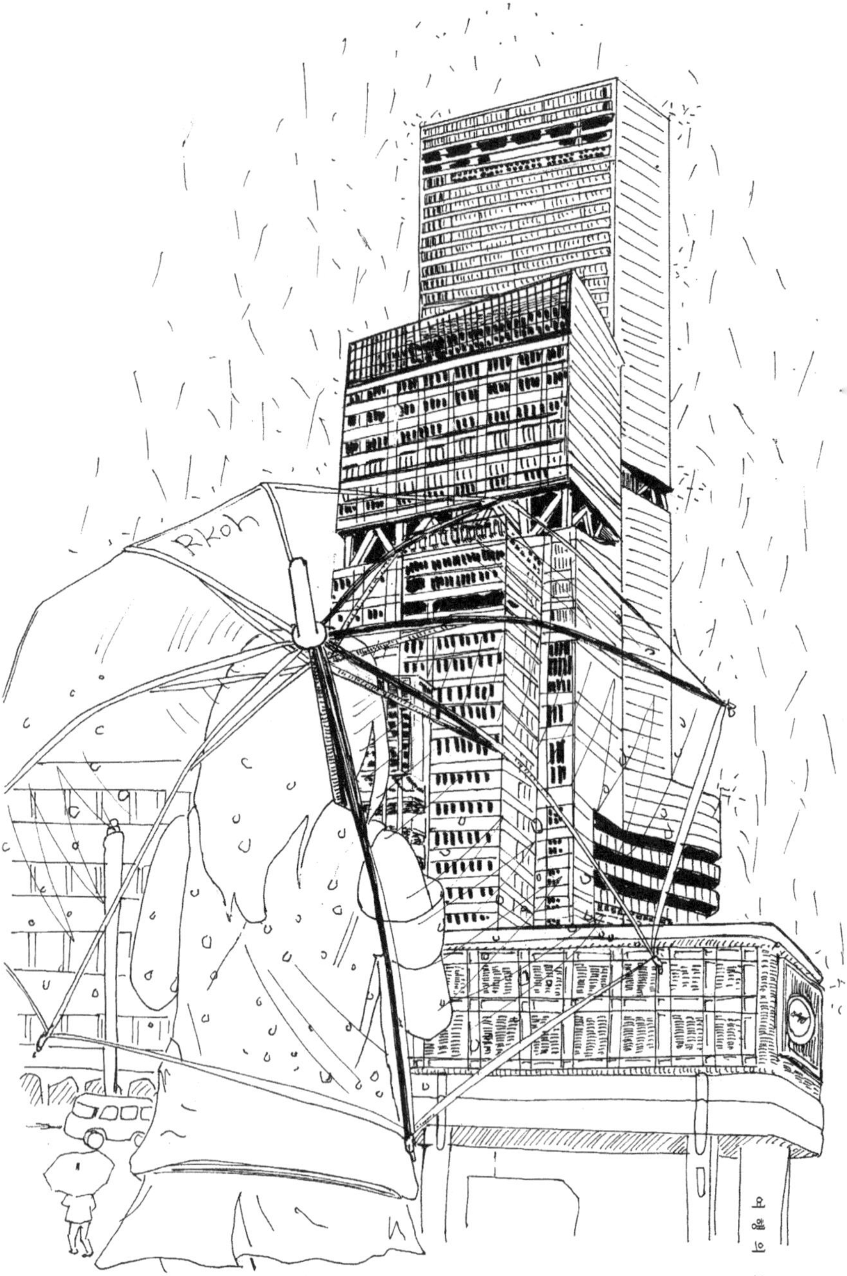
Rkoh

텐노지

비 내리는 텐노지 거리를 거니는데,
너와 함께 이 거리를 걷고 싶다는 생각이 들었다.
네가 지금 이 순간 내 옆에 있다면 얼마나 좋을까.
너와 함께라면 비가 아닌 눈이 와도 좋을 텐데.
그렇게 나는 텐노지 거리에서 서서 널 생각했다.
비처럼 촉촉하게 항상 내 마음을 적시고 있는 너를.

Rkoh

⋮ 너라는 계절

Rkoh

바람

창밖에 바람이 분다. 바람이 불 때면 너의 얼굴이 떠오른다. 네가 내게 불어오던 시간들, 그리고 우리가 함께 했던 순간들은 어디로 갔을까? 바람에 날아가 버렸을까? 한때는 너와 내가 같을 거라는 생각을 자주 하곤 했었다. 그러나 산산이 그 생각을 너는 깨뜨리고 다른 이의 바람이 되어 날아갔다. 행복할거라 믿었다. 내 믿음과는 반대로 오히려 네 얼굴은 전보다 어두워져있었다. 너의 삶에 그 사람의 존재감은 힘이 될 만큼 무겁지 않았던 모양이다. 바람처럼 가벼웠나보다. 어쩌면 바람처럼 가볍던 그의 존재감보다, 좀 더 무거운 존재감의 내가 너에게 다시 불어갈 차례는 아닐까. 네가 내게 불어왔던 것처럼...

R.koh

봄 냄새가 가득하게 번지던 밤의 벤치에서 수화기를 들어 네게 전화를 걸었다. 나름의 큰 용기가 필요했던 그 말을 건네기 위해 얼마나 망설임의 시간이 길었는지 너는 알지 못한다. 떨리는 내 목소리와 달리 담담하던 네 목소리의 여운이 길게 남는다. 감정을 숨긴다고 숨겼지만 결국 너의 눈에는 투명하게 다 들여다보였을 내 마음을 너는 고맙다는 짧은 말로 끝맺었다. 네게 고마운 사람이 아닌, 사랑의 존재가 되고 싶었다. 그 밤, 그 벤치에서 하염없이 앉아 긴 한숨만 내뱉던 나를 고맙다는 말로 정의내리지 않았더라면 나는 네게 아련한 존재로 남을 수 있었을까.

2016. 12
8
Rkoh
THU

캘린더

너의 휴대폰 캘린더에 몰래 내 생일을 체크해 놓은 적이 있었다. 그러나 너는 그걸 보지 못했는지 생일에 결국 너의 연락은 오지 않았다.
생일이 지나고 너를 만나게 되었는데, 너의 캘린더에 내 생일은 없었다. 체크해놓고 내가 저장을 하지 않았던 걸까. 나는 기대하며 하루 종일 기다렸었는데, 너의 생일축하를. 차라리 다행일지도 모른다.
네가 그 날 나에게 생일 축하한다고 연락을 보냈다면 나는 그것에 작은 의미를 부여하며 너를 놓지 못했을지도 모르니까. 텅 빈 캘린더처럼 내게 텅 비어있는 너를 붙잡지 않을 수 있어서 정말 다행이다.

Rkoh

핫초코에 실수로 찬물을 부은 적이 있었다. 찬물을 붓는 순간 깨달았다. 전기포트의 불을 켜지 않았다는 걸. 후회해도 이미 늦었다. 핫초코 위에는 녹지 않은 분말들이 둥둥 떠다니고 있었으니까. 둥둥 떠다니는 핫초코의 분말들이 지금의 내 모습 같아서 괜히 애처로운 기분이 들었다. 왜 너는 항상 찬물처럼 차갑기만 할까. 네가 조금만 따뜻했다면 나는 녹을 수 있었을 텐데. 그래서 우리는 계속 섞이지 못하고 분리된 감정으로 매일을 살아가는 걸까. 내가 너의 마음의 포트를 켠다면, 우린 따뜻한 사이로 변할 수 있을까.

Rkoh

온도

사람의 평균 체온은 36.5도. 너와 나의 온도는 몇 도일까. 나는 항상 바래왔었다. 너와 나의 온도가 같기를. 마음처럼 쉽지 않은 일인걸 잘 알면서도, 기대감을 품곤 했다. 혹시나 너의 온도가 나의 온도와 같지 않을까하고. 그러나 온도차는 보이지 않게 계속 존재했다. 우리의 온도가 같을 수 없는 입장차이가 분명했듯이. 언젠가 너와 나의 온도가 같다고 서로가 느끼게 될 때쯤, 우리는 온도뿐만 아니라 감정의 결들도 자연스레 나눌 수 있겠지.

Rkoh

내가 소설이라면 너는 시였다. 길게 말을 늘어놓는 나와 달리 너는 항상 함축적인 느낌으로 나를 대했으니까. 너의 그 함축적인 감정들을 오롯이 읽지 못해 나는 끝없이 고민에 빠지곤 했다.
지금 이 순간도 나는 고민하고 있지만 이제 한 가지는 확실히 읽을 수 있다. 네가 뱉는 숨 하나하나에 빗방울처럼 맺혀있는 사랑의 공기를.

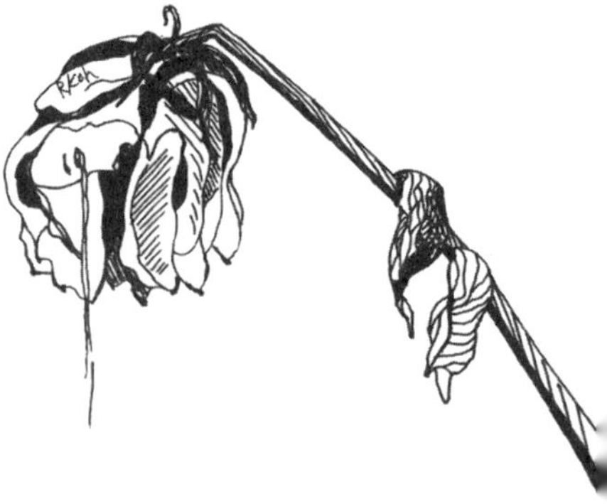

세상에는 미스터리가 참 많지만 그중에서 가장 큰 미스터리는 사랑이 아닐까. '스쳐지나버릴 인연이 될 수도 있었던 너를 사랑하고 있구나'를 깨달았던 순간, 한없이 먹먹했다. 사랑이라는 숭고한 감정에 왜 이리도 슬픔의 곁가지는 많은 걸까. 기쁨만 가득해도 부족할 텐데. 슬픔의 그림자가 사랑이라는 이름의 주변에 드리워져 있는 게 또렷하게 눈 속에 비쳤을 때 나는 고민했다. 마치 고스톱을 치듯 '고'나 '스톱' 둘 중에 하나를 선택할 수 있을 것처럼. 결국 아무것도 하지 못했지만. '왜 하필 너였을까' 하고 생각을 해보아도 결국 그 생각의 끝엔 네가 서있었기에 나는 너를 품을 수밖에 없었다. 지독하도록 아름답지만 내가 뱉지 못했던 너의 이름, 사랑. 먼 훗날 바람이 조용히 네 머리를 간질이면 그때는 말해야지. 내가 널 사랑했었노라고.

Rkoh

거미줄

버스정류장 한편에 걸려있던 거미줄을 보며 너를 떠올렸다. 너라는 이름의 거미줄에 걸린 나는 언제쯤 그 거미줄을 벗어날 수 있을까.
너의 거미줄은 너무도 촘촘해서 내가 빠져나갈 구멍이 없다. 사실, 굳이 벗어나고 싶지는 않지만 틈이 없는 촘촘함은 나를 숨 막히게 하니까. 그러니 조금은 느슨하게 나를 에워싸 주길. 너의 거미줄을 벗어나고 싶은 생각이 들지 않게.

RKoh

너라는 계절

너라는 계절을 걸었다. 가을의 시작에 봄처럼 내게 다가온 너. 너를 계절로 정의 내려야 한다면 나는 너 자체가 계절이었다고 말하고 싶다. 만남은 짧았지만, 우리에게 시간이란 결코 중요한 요소가 아니었다. 나는 짧은 시간동안에도 불같이 타오르며 너를 사랑했으니까. 내가 너라는 계절을 걸은 것처럼 너도 나라는 계절을 걸었기를 바라며 내딛는 발걸음마다 너를 생각한다. 네가 없는 계절은 지독하게도 쓸쓸하지만 시간이 지나면 다 괜찮아지겠지. 더 많은 시간이 흐르고 난 뒤에는 그저 웃으며 너라는 계절을 추억할 수 있기를 바란다.

Kkoh

모두가 곤히 잠든 밤, 방음이 좋지 않았던 장소들에서 밤중의 통화는 어려웠다. 그래서 나는 꽤나 자주 전화통화를 위해서 근처 버스정류장으로 나가곤 했다. 버스정류장은 최적의 장소였다. 늦은 시간까지 다니는 버스 때문에 묘한 안도감도 들었고, 가로등보다 훨씬 밝던 달빛은 마치 스포트라이트를 비춘 듯 버스정류장을 나만의 무대로 만들어주었다.
내 귓가에 은은하게 감기던 수화기 너머의 너의 목소리는 버스정류장에서 빠질 수 없는 최고의 공연과도 같았다.
언젠가는 이 무대에 나 혼자가 아닌 너도 있을 거라는 확신을 가지며 나는 수화기를 매일 같이 들었다.
그렇게 나는 언제나 네가 정차하는 버스에서 깜짝 선물처럼 내리지는 않을까 하는 기대감으로 비가 오는 날에도, 바람이 많이 부는 날에도, 눈이 오는 날에도 버스정류장에 앉아 너를 기다렸다.

기다림

커피를 시켜놓고 너를 기다리고 있는데, 카페의 한구석에 타로 점을 봐준다는 글귀가 눈에 띄었다. 시간도 보낼 겸 재미삼아 타로를 봤는데 참 암담한 결과가 나왔다. 너에 대한 마음을 정리하라는 그런 결과. 그렇지 않으면 더 힘들어 질 거라고. 그 말을 듣자 목이 메여오는 듯 했다.

나는 마치 지푸라기를 잡는 심정처럼 가능성이 정말
없는 거냐고 물었고 돌아오는 대답은 선명했다.
가능성이 없는 건 아니지만 너와 나는 아니라고 했다.
쐐기 박힌 대답을 듣고 나자 너를 기다리는 시간이
설렘에서 초조함으로 바뀌었다. 이미 약속시간보다
한참이 지났는데도, 아직 너는 모습을 드러내지 않고
있었다.
네가 오지 않을까봐 무서웠다. 영영 그렇게 내게는 오지
않을까봐. 3시간이 흘렀다. 그리고 네가 나타났다. 너는
바쁜 일이 있다며 오래 시간을 내지 못한다고 했다.
이런저런 이야기를 나누고 자리에서 일어나는데 시간을
보니 기다림의 시간보다는 짧은 1시간이 흘러있었다.
너는 알까, 너를 사랑하기에 3시간의 기다림에도
불구하고 짧은 만남에도 마냥 네가 와주어서
행복해했던 나를.

RKoh

머리

"머리 좀 길러. 넌 긴 머리가 예뻐"라는 너의 말에
머리를 다시 길러볼까 심각하게 고민 했지만
이내 관두었다.
머리가 길던 짧던 그게 그리 중요할까.
네 마음만 변함없다면. 머리 길이에 변하고 말
마음이라면 다른 이유로도 분명 쉽게 변하는 순간이
올 테니까.

Rkoh

루시드 드림

루시드 드림(Lucid Dreaming, 자각몽)을 하길 원하던
순간이 있었다.
누구나 한 번쯤은 꿈꿔봤을 무의식의 세계를
조종하는 것. 그러나 이내 포기하고 말았다.
그렇게 쉽게 꿈을 조종하고 통제할 수 있다면 꿈은
더 이상 꿈이 아니게 될 테니까.
그래도 가끔씩은 루시드 드림을 시도해보고 싶다.

네가 아주 그리운 날에는...

Rkoh

뒷모습

뒷모습은 아련함을 닮았다. 너의 뒷모습도 그랬다. 내내 즐겁다가도 너의 뒷모습을 마주하게 되는 순간의 알 수 없는 먹먹함이란. 네 뒷모습이 잔상처럼 눈가에서 일렁일 때 나는 비 오는 날의 아스팔트처럼 아무것도 하지 못한 채 그냥 고여 있었다. 무서웠다. 뒷모습이 마지막이 아님을 알면서도 겁쟁이처럼 괜히 두려웠다. 누군가도 나의 뒷모습을 보며 나 같은 생각을 했을까. 너의 뒷모습을 보며 다시금 먹먹해지기 싫어서 나는 먼저 발걸음을 돌리기로 결심했다. 너의 뒷모습이 아닌 앞모습만을 기억하기 위해.

사탕

내게는 오래전부터 지속되어 온 습관이 있다. 사탕.
긴장되거나 떨리는 순간이면 나는 사탕을 꺼내어
입안에서 천천히 굴리곤 했다. 요즈음은 옅어졌지만,
한창 사탕을 색색 깔로 구비하고 다니던 때에 운명과도
같이 너를 만났다. 너와 나의 첫 인사는 "안녕하세요"가
아닌 나의 "사탕 드실래요?"였다.
내가 내미는 사탕을 웃으며 건네 들었던 너의 모습이
아직도 눈앞에 선하게 펼쳐진다. 너의 미소에
녹아내리던 입안의 사탕은 이제껏 먹어본 사탕중 제일
달았다. 그날 나는 습관적이라 잊었던 사탕의 맛을
제대로 깨달았던 것 같다.
사탕이 이렇게나 달콤했다는 걸.

R.koh

재채기

사랑은 재채기처럼 갑자기 찾아온다. 너도 그랬다.
재채기처럼 갑자기 찾아와 내 일상에 스며들었다.
너라는 재채기가 나는 신경 쓰였지만 싫지는 않았기에
멎어들지 않았으면 했다. 그러나 재채기는 갑작스럽게
찾아 온 만큼 결국엔 멎어드는 순간도 있는 법. 네가
멎어드는 순간, 나는 알 수 있었다.
끝나버린 재채기처럼 너에 대한 나의 감정도 끝이
나버렸음을.

Rikon

결혼

나는 독신주의자다. 사람들은 내게 좋은 사람이 생기면 그 생각이 바뀔 거라고 말하곤 하지만 좋은 사람이 생겨도 과연 내가 결혼에 대한 결심을 품게 될지는 의문이다. 내 자신의 결혼에 대한 생각은 회의적이지만, 역설적이게도 내가 좋아하던 너는 얼른 결혼하기를 바랐다. 내가 너를 가질 수 없다면 차라리 내가 깨끗이 마음을 정리하게 누군가의 동반자가 되어 알콩달콩 살았으면 했으니까. 행복한 네 모습을 보는 것만으로도 나는 충분할 것 같았다.
세상 그 누구보다 눈부실 그 날의 너를 생각하면 마음은 아프겠지만 그래도 괜찮다. 바보 같아 보여도 너만 행복하다면 나는 있는 힘껏 축복해 줄 수 있으니까.

R.koh

이별하던 순간까지 도무지 읽을 수 없었던 너의 표정을 어느 날부턴가 나는 자연스레 읽을 수 있게 되었다. 너의 표정의 미세한 떨림을 보았던 순간, 나는 너에게 말하고 싶었다. 다시 시작하자고. 그러나 말할 수 없었다. 두려웠다. 다시금 내가 상처를 받고 말까봐. 시작도, 끝도, 네 손 끝에 걸려있는 느낌이 나를 주저하게 만들었고, 나는 쓴 한약을 삼키듯이 목울대 저편으로 말들을 조용히 삼켰다. 차라리 말하지 않아서 다행일지도 모른다. 우리의 시작 뒤에 또 다른 끝이 기다린다면 난 얼마나 더 많은 날들을 상실로 살아내야 할지 가늠할 수 없으니까.

PKoh

이기

너는 참 이기적이다. 지독할 정도로 이기적이었다. 그러나 나는 너를 사랑했기에 너의 그 이기마저도 포용했다. 너의 이기가 나를 멍들게 하는 순간에도, 나는 너를 단 한 번도 놓아본 적이 없을 정도로 너를 사랑했다. 사랑했다는 표현은 과거형이니 맞지 않을지도 모른다. 나는 지금도 이기적인 너를 마음 깊이 품으며 사랑하고 있으니까.

RKoh

미소

처음에 우린 별다른 대화도 없는 사이였다. 형식적인 인사만 주고받을 뿐, 그 이상도 이하도 아니었다. 그러다 언제부턴가 대화가 늘기 시작하고, 조금은 친해졌다는 생각이 들었을 무렵에 나는 너의 미소를 보았다. 항상 서늘한 표정만 짓고 있어서 웃는 법을 잘 모를 줄 알았는데 내 생각과 달리 너는 잘 웃는 사람이었다. 웃는 네 모습을 보고 있으면 기분이 좋았다. 네가 웃을 때면 온 세상이 환해졌기에 그럴지도 모른다. 언제나 그렇게 환하게 웃어주길. 너의 서늘함을 내가 느낄 수 없게.

Rkoh

얼마 전부터 매일 공책에 사랑의 기록을 남기기 시작했다. 예전에도 이런 기록들을 남겼던 적이 있었다. 그때는 가볍게 피식거리며 볼 수 있는 글이 많았다면, 지금은 나이를 조금 더 먹은 만큼 훨씬 더 진중함이 묻어난다. 감정의 무게감은 그때나 지금이나 우열을 가리기 힘들 정도로 무겁지만. 그때는 토해내듯 공책에 매일의 감정들을 쏟아내고도 한참동안 끙끙거리며 사랑의 열병을 앓았었다.

왜 그랬을까. 뜨거움을 갈망하고 그리워했으면서 막상 뜨거워져버리자 나는 왜 그 뜨거움을 견디질 못한 걸까. 내 스스로 그 감정을 밀어내고 말았음이 못내 안타깝다. 뜨거움 속에 피어났던 행복감을 내가 밀어내지 않았더라면 감정들은 조용히 흘러갔을 텐데. 이렇게 폭풍전야처럼 꿀렁거리는 마음을 안고 지내지는 않았을 텐데. 그래서 나는 오늘도 불타는 심장을 부여잡고 네게 글을 쓴다. 뜨거운 내 사랑의 기록들을.

서운함은 한순간에 찾아온다. 불시에 찾아와 가장 취약한 부분을 공격한다. 내가 베푸는 만큼 돌려받는 걸 원하지는 않지만, 그래도 최소한은 해주었으면 하는 기대감에서 시작하는 서운함. 어쩌면 서운함은 고양이와 같은 게 아닐까. 열 번을 잘해줘도 한 번 삐걱거리면 괜히 서걱거리게 되는 게 마치 고양이의 모습을 떠올리게 한다. 나의 이 서운함은 아주 작은 부분에서 생겨났지만, 점점 더 커지고 커져서 이젠 너를 보는 시선마저도 서운함이 담겨 버릴까봐 때로는 겁이 난다. 서운함의 세계에 잠식당하고 싶지 않다. 그러니 가끔은 너도 날 돌아봐주길.

Rkoh

"영화 보러 가자."

영화 보러 가자는 말은 단순한 영화 관람이 아닌 너와 함께 있고 싶다는 뜻이었다. 같이 있을 수 있는 시간이 부족했기에, 그렇게라도 너를 옆에 두고 싶었던 나를 네가 좀 알았으면 좋겠다. 우리에게 주어진 시간이 지금보다 훨씬 많다면, 나는 영화 보자는 말 대신 다른 말을 네게 건넬 수 있을 텐데.

Rkoh

감정

감정을 드러내지 않기로 마음먹었다. 그러나 감정은 내 마음처럼 쉽게 좌우되는 게 아니기에 나는 갈피를 잡지 못했다. 너를 보게 되었을 때도 그랬다. 처음에는 아무렇지도 않았다. 그런데 어느새 네가 내 마음에 스며들어와 있었다. 그걸 깨달았을 때 나는 힘들어졌다. 이미 시작되어 버린 감정을 돌릴 수 없는 걸 뻔히 알면서도 돌리려고 애썼으니까. 이윽고 내가 포기하고자 손을 놓았을 때 네가 손을 내밀었다. 잡을까 말까 고민 했지만 소용없었다. 고민은 헛된 것이었다. 결국 네 손을 잡아버린 나는 감정을 택했다. 지금 이 순간이 제일 중요하다고 생각하면서.

忍
忍
忍
Rkoh

화

화가 나는 순간은 무수히 많지만 제일 견디기 힘든 순간은 나 혼자만 너를 좋아하는 게 아닐까 하는 생각이 드는 순간이었다. 속상함은 '화'라는 이름으로 바뀌어 나의 머릿속에 번졌지만, 나는 한 번도 너에게 화를 낸 적이 없었다. 도리어 너는 나에게 자주 화를 냈었는데, 나는 왜, 어째서 너에게 화를 내지 못했을까. 그건 화를 내는 순간 네가 나에게서 멀어지진 않을까 하는 두려움 때문은 아니었을까.

Rkoh

너는 싫어하는 게 많았다. 싫어하는 게 많은데 비해서 좋아하는 건 애매모호했다. 어딜 갈지, 뭘 먹을지를 물어보면 항상 너는 애매모호한 대답만 내놓았다. 나는 그런 네가 가끔 불안했다. 애매모호한 대답처럼 나에 대한 마음도 애매모호할까봐. 그러나 지금은 안다. 너는 단 한 순간도 애매모호 하지 않았다는 걸. 그리고 나의 불안감들은, 아닌 척 했지만 결국은 내 자신의 깊은 곳에 그림자처럼 숨어있던 애매모호함에서 기인한 것 이라는 것을.

Rkoh

인형

좋아하던 캐릭터가 있었다. 우연히 길을 걷다 그 캐릭터 인형이 들어있는 뽑기 부스를 보았다. 그 부스 앞에 한참을 서서 바라보던 내가 마음에 걸렸던 걸까. 어느 날, 네가 양 볼 가득 땀을 흘리며 뛰어와 내게 그 인형을 내밀었다. 인형을 내밀면서 수줍게 미소 짓던 너. 뽑기 실력이 지지리도 형편없던 너라는 걸 알기에 감동은 컸다. 내가 서 있던 그 시간보다 더 많은 시간을 너는 그 곳에 서 있었겠지. 인형을 받아들고 밝게 웃으며 기뻐할 나를 위해서.

Rkoh

의심

의심은 불행의 씨앗이다. 영화 〈곡성〉에서 나타나는 일련의 사건들도 결국 각자의 마음속에 자리한 의심이 촉발제가 되어 불행을 키운다. 인간은 너무도 나약한 존재이기에 의심이라는 녀석을 안고 살아간다. 그 의심은 때로는 합리적인 부분으로 작용하기도 하지만, 불행으로 작용하는 일도 빈번하다. 나에게 있어서 의심은 불행 그 자체였다. 너의 마음을 의심하기 시작한 순간부터 네가 나에게 보여주는 모든 행동들이 진심이 아닌 거짓으로 보였다. 너의 마음을 의심하지 않았더라면 나는 불행하지 않았을 텐데. 뒤늦은 후회를 해보아도 이미 지나간 일일 뿐이다. 이미 의심이라는 녀석은 너와 나 사이에 커다란 장벽을 만들어 놓았으니까.

Rkoh

나는 용광로였다. 너를 향한 마음은 언제나 용광로처럼 뜨겁게 불타오르고 있었으니까. 내 마음의 온도가 식어갈 때쯤 나는 네가 용광로가 되길 바랐다. 그러면 나도 다시 불타오를 수 있을 거라 믿었기에. 그러나 네가 용광로가 된 순간, 나는 이미 다 식어 굳어버린 쇳물에 불과했다. 다음 생에 다시 만난다면 우리는 함께 용광로가 되어 동시에 타오를 수 있을까.

Rkoh

⋮ 나라는 계절

Rkoh

괜찮아

"괜찮아"라는 말이 듣고 싶은 날이 있다.

누구라도 좋으니 괜찮다고, 다 괜찮다고
토닥거려주었으면 하는 그런 날이. '괜찮아'라는
말은 참 신기한 힘을 가지고 있다. 듣는 그 순간보다
오히려 시간이 지나고 난 뒤에 더 큰 위력을 발휘한다.
그래서일까. 오늘따라 더 듣고 싶다.
다른 말은 필요 없이 그냥 따뜻하게 안아주며 다
괜찮다고 말해주면 좋겠다.
오늘이라면 그 위력이 바로 발휘될 수 있을 것만
같으니까..

Rkoh

시간이란 참 신기하다. 같이 있을 때는 한 시간이 일 분처럼 흘러가는데, 막상 너와 떨어져 있을 때면 일 분이 억만년처럼 멀게만 느껴지니까. 너와 같은 공간에 함께 머무를 때면, 나는 언제나 시간감각을 잊었다. 시계를 보는 게 두려웠다. 헤어짐의 시간이 어느새 다가와 있을까봐. 너는 내게 그런 존재였다. 하나의 시간처럼 자연스럽게 곁에서 흐르곤 하던 시계 같은 존재.

Rkoh

초등학교 5학년 때 헤르만 헤세의 <데미안>을 처음 읽었다. 아마 그때부터였을 것이다. 작가를 꿈꾸게 된 건. <데미안>을 읽었을 때의 충격을 나는 아직도 잊지 못한다. 어린 나는 헤세의 글에 매료되었고, 그의 작품들을 먹어치우듯 읽기 시작했다. '헤세에게 바치는 시'라는 제목으로 헤세를 향한 애정을 표현하는 글들을 쓰기도 했었다.

지금 보면 유치하게 느껴지기도 하지만 그때의 마음만큼은 아름답게 다가온다. 나는 헤세를 통해 글을 쓰기 시작했고, 그를 꿈꿨다. 그의 발자취를 찾아가리라는 생각을 안고 독일로 떠나는 여정을 상상하기도 했다. 독일로 떠나 외치고 싶다. "이곳이 나를 꿈꾸게 만든 그의 나라입니까?"라고.

007

내가 어릴 때였다. 부모님은 주말마다 TV앞에 앉아 습관처럼 007 시리즈를 보곤 했다. 어느 순간부터 나도 007 시리즈를 보는 것에 동참하기 시작했는데, 사실 내 목적은 007 시리즈를 보면서 먹는 오징어에 있었다. 007를 보고 있을 때면, 나는 제임스 본드처럼 살며시 나타나 오징어를 탈취해갔다. 그때 오징어를 잘근잘근 씹으며 보았던 007의 모습이 선명하다. 그 특유의 긴장감 있는 음악과 007임을 알리는 본드가 총을 쏘는 강렬한 오프닝은 어린 나를 두근거리게 했다.
그때부터 007은 내가 가장 좋아하는 영화 시리즈중 하나로 자리 잡았다. 본드가 타고 다니던 차 애스턴 마틴은 로망이 되었을 정도니, 내가 얼마나 이 시리즈를 좋아하는지 더 이상의 설명은 필요 없지 않을까.

다른 시리즈들이 모두 끝이 난다 하더라도 007만은
영원했으면 좋겠다. 수많은 제임스 본드들과 함께
늙어가는 게 나의 꿈 중 하나다.
본드처럼 중후한 중년이 되었을 때 어느 멋진 바에 가서
당당히 말하고 싶다.

"보드카 마티니. 젓지 말고 흔들어서."

Rkoh

때로는 극영화보다 애니메이션이 더 낫게 느껴질 때가 있다. 그 생각을 처음 갖게 해주었던 건 미야자키 하야오의 작품들이었다. 그리고 지금은 하야오의 시간을 넘어 호소다 마모루와 신카이 마코토가 새로운 시대를 주도하고 있다. 두 감독의 작품 모두 작화가 참 훌륭하지만 호소다 마모루는 가족적인 감성을 잘 파고드는 느낌이고, 신카이 마코토는 언어적 표현력이 뛰어나다. 호소다 마모루가 초가을의 감성 같은 느낌이라면 신카이 마코토는 봄날의 오후 같은 감성을 지니고 있다고나 할까.

애니메이션을 아이들이나 보는 것이라고 말하는 사람들이 간혹 있는데, 나는 결코 아이들만의 전유물이 아니라고 생각한다. 애니메이션은 전 연령대를 다 아우르며 어른과 아이가 함께 공감대를 형성할 수 있는 가장 좋은 창구로 작용하니까.

Rkoh

냉정과 열정사이를 보았을 때 복원사라는 직업에 대한 흥미가 생겼다. 잃어버린 시간의 흐름을 되돌려 놓는 복원사. '내가 만약 복원사였다면 너와의 행복했던 시간들도 복원이 가능했을까'라는 생각이 들었다. 늘 같은 마음으로 서서 아오이를 바라보는 쥰세이의 감정에 이입할 수 있었던 건 그가 가진 복원사라는 직업의 영향이 컸다. 영화처럼 언제나 너는 아오이처럼 냉정했고, 나는 쥰세이처럼 열정 가득했다. 그런 우리의 시간이 되돌아오는 순간을 그리며, 냉정과 열정사이에서서 오늘도 나는 너를 기다린다.

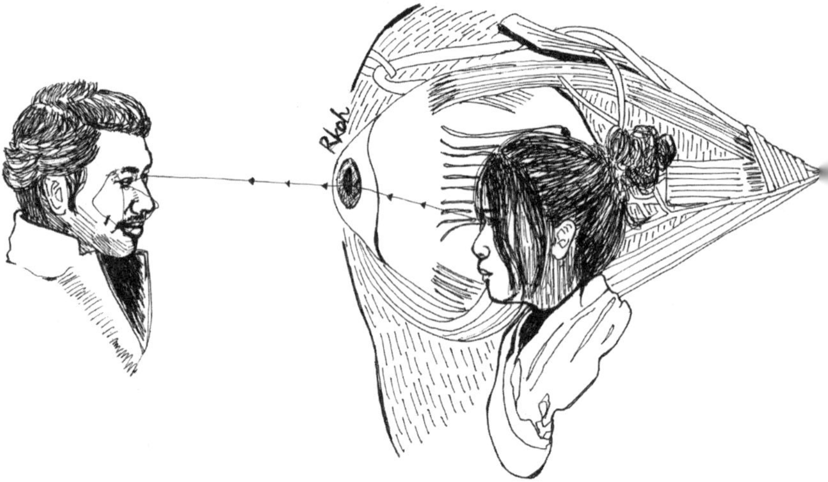

영화를 보고 있을 때면 나는 전혀 다른 사람이 되었다. 영화 속으로 들어가 직접 그 인물들의 역사를 몸소 재현했다. 러닝 타임동안 나는 수많은 영화의 주인공이 되었다가 엔딩 크레디트가 오르면 다소 멍한 상태에서 현실의 나로 돌아오곤 했다. 나는 〈중경삼림〉속의 하지무가 되기도 하고, 〈허공에의 질주〉의 대니가 되기도 하고, 〈건축학개론〉의 승민도 되고, 〈만추〉의 애나도 되었다. 전혀 다른 삶의 굴곡을 가진 인물들임에도 불구하고 내가 그들이 될 수 있었던 건 무엇일까. 그것이 바로 영화만의 흡입력이 아닐까. 내가 아닌 또 다른 내가 되는 것. 그래서 나는 오늘도 영화 속 누군가의 감정 선을 따라가 본다. 새로운 삶의 역사를 느끼기 위해서.

시네마테크

한창 고전영화의 매력에 빠져있을 무렵, 시네마테크는 내겐 한줄기 빛과도 같은 장소였다. 바닷바람이 시원하게 불어오던 테크는 나들이 장소로도 자주 애용되곤 했다. 날씨가 좋은 날이면 나는 자주 오니기리를 싸들고 테크로 놀러갔다. 가볍게 테크 주변을 산책하며 준비해온 오니기리를 먹거나, 조용한 상영관 안에 앉아 영화를 보고 있으면 다른 말은 필요 없었다. 그저 즐거웠다. 비 오는 날의 테크도 맑은 날의 테크 못지않게 매력 있었다. 비가 추적추적 내리던 날 시네마테크에서 보았던 나루세 미키오의 〈흐트러진 구름〉이 아직도 생생하다. 변화무쌍한 날씨만큼 역동적이었던 내 기분들도 언제나 그곳과 함께였다. 영화로 위안 받는다는 게 이런 느낌이구나라는 걸 나는 그곳에서 처음 깨달았다.

지금은 다른 곳으로 이전했지만, 그래도 내 기억속의
테크는 처음만난 그 모습 그대로다. 친절하던 테크
안의 매점 아주머니의 모습도. 시네마테크에서
나는 로셀리니를 만나 벅차오르는 감정을 느꼈고,
아키카우리스마키와 사랑에 빠지고, 왕가위를 꿈꿨다.
그렇기에 시네마테크는 단순한 영화관을 넘어서 나의
감성의 필름들을 상영하던 아지트로 남았다.

Rkoh

소원 팔찌

일 년 넘게 왼쪽팔목에 걸려있던 소원 팔찌가 드디어 풀렸다. 사실, 풀릴 거라는 걸 알고 있었다. 그 시기가 언제가 될지 가늠은 못했지만. 어느 순간부터 팔찌를 잇고 있던 실은 간당간당하게 얇아져 있었으니까. 팔찌가 인위적이 아닌 자연스럽게 풀리면 소원이 이루어진다고 했다.
이 팔찌를 팔목에 걸면서 빌었던 내 소원은 무엇이었을까. 풀린 팔찌를 보며 고민을 해보았지만 명확하게 소원이 무엇인지 기억나지는 않았다.
내 소원은 너였을까, 아니면 내가 아끼던 그들의 안녕이었을까. 어떤 것이든 좋으니 꼭 이루어졌으면 좋겠다는 생각이 들었다. 네가 웃던, 그들이 웃던 나는 어느 쪽이든 행복할 테니. 나도 함께 웃을 수 있게 될 거라 믿어 의심치 않으니까. 함께 웃는 것, 그것이야말로 나의 진정한 소원일 테니까.

RKoh

박찬욱

박찬욱 감독의 작품을 보면 언제나
아름다운 영상에 넋을 놓게 된다.
이번에 나온 〈아가씨〉도 마찬가지다.
특유의 탐미주의가 작품 속에 잘 녹아있다.
어느 하나 흠잡을 데가 없는 그로테스크한
미(美)가 스크린 가득 넘실거리던 순간,
나는 비로소 입을 열 수 있었다.
탁월하게 아름답다는 건 바로 그의
영화들을 두고 하는 말이라고.

Rkoh

내게 소년의 판타지가 <베니스에서의 죽음>의 비요른 안데르센이라면 소녀의 판타지화는 <레옹>의 마틸다였다. 소녀의 이미지화의 느낌은 <안녕, 첫사랑>의 롤라 크레톤과 <은교>의 김고은이었고. 둘 중 무엇이 나의 소녀시절과 가까운지 굳이 꼽는다면 <안녕, 첫사랑>에서 롤라 크레톤이 연기한 카미유라고 말하고 싶다. 욕망을 소환하는 은교와 달리 카미유는 직접 욕망 속으로 걸어 들어가는 모습이 나와 닮았다. "내겐 사랑이 전부에요."라고 말하던 카미유처럼 소녀인 나에게도 사랑이 전부였다. 소녀가 아닌 지금도 별반 달라진 건 없지만. 싱그러운 봄의 새싹처럼 피어나던 나의 소녀시절, 아련하게 널 사랑했던 그때의 나를 소환하며 다시 나는 사랑 속으로 걸어 들어간다.

RKoh
석류

껍데기

종종 내가 일하는 서점에 들러 에세이를 추천해달라고 하는 단골손님이 있다. 어느 날 그 손님이 말했다. 껍데기에 관해서. 인간이든 동물이든 다들 껍데기가 있고, 껍데기로 이루어져 있다고. 그 무엇이든 껍데기가 아닌 것은 없다고. 생뚱맞게 던진 말에 순간 의아했으나 그가 돌아간 후에 나는 비로소 그의 말을 이해할 수 있었다. 그렇다, 세상 모두는 껍데기로 이루어져있다. 물건도, 생명체도 모든 것은 다 껍데기가 있다. 대나무도 껍데기로 이루어져 있는 것처럼. 그 껍데기를 벗어던지는 순간 우리는 어디로 향하게 될까. 지구를 이루는 한줌 흙으로 돌아갈까, 아니면 머나먼 우주로의 여행을 떠나게 될까. 평생을 고민해도 결론을 얻지 못할 것 같다. 껍데기는 그렇게도 심오하며 모든 것을 관통하고 있다. 어쩌면 우리가 살고 있는 이 행성도 본질이 없는 껍데기로만 이루어진 것일지도 모른다는 생각을 해본다.

RKoh

벚꽃이 피는 봄의 캐롤이 '벚꽃엔딩'이라면, 내게 비의 캐롤은 김광석의 '사랑했지만'이었다. 비 오는 날에 듣는 김광석의 노래는 다른 날씨보다 더 감성적으로 와 닿았다. 초를 하나 켜놓고 둥그렇게 모여앉아서 기타소리에 맞춰 김광석의 노래를 음미하고 싶은 날이면 어김없이 비가 왔고, 나는 '사랑했지만'을 들었다. 영혼의 가객, 김광석. 그의 노래가 빗속으로 그리고 마음속으로 촉촉이 퍼지는 어느 오후, 그 시간이 마치 꿈결처럼 아득하게 느껴진다.

Rlcoh

일요일을 생각하면 제일 먼저 디즈니 만화동산이 떠오른다. 나의 유년기를 함께 했던 수많은 디즈니 캐릭터들. 졸린 눈을 비비며 TV앞에 앉은 어린 나로 하여금 고도의 집중력을 발휘하게 했던 그 프로그램. 지금은 비록 일요일 오전에 TV앞에 앉아 있지는 않지만, 그때의 기억만큼은 한 번씩 나를 일요일 오전의 공기 속으로 불러들이곤 한다. 단순한 만화영화를 넘어서 어린 나에게 꿈과 희망을 심어주었던 그 캐릭터들. 가끔은 티 없이 맑은 모습으로 TV앞에 앉아있던 일요일 오전의 어린 내가 그립다.

가람 Art Hall
가람아트홀

국도예술관

시네마테크가 나에게 고전영화의 묘미를 깨닫게 해준 곳이라면 국도예술관은 멀티플렉스에서 쉽게 접하기 힘든 각국의 예술영화와 소규모 자본으로 만들어졌지만 던지는 메시지만큼은 묵직하기 그지없는 독립영화들을 만나게 해주었다. 그곳에서는 한 달에 한 번씩 올빼미라 불리는 연속 세 편의 심야 영화 상영이 있었는데, 그 날만 되면 나는 떨리는 마음을 감출 수가 없었다. 당일 날 상영하는 영화의 라인업이 공개되는지라 어떤 영화와 마주하게 될지 항상 궁금하고 또 궁금했다. 영화가 한 편씩 끝날 때마다 진행되는 빙고 게임도 즐거움 그 자체였고. 국도의 상영관 의자에 앉아 만났던 영화들이 기억 속에서 헤엄치는 어느 날, 나는 여전히 그 곳에 앉아 밤을 지새운다.

Rkoh

수필의 재미를 나는 전혜린, 그녀의 글을 읽으며 처음 깨달았다. 공교롭게도 나는 이사를 다닐 때마다 그녀의 수필집을 자주 분실했고, 그때마다 주변의 서점을 뒤져서 다시 그녀의 책을 샀다. 그녀의 글들은 언제나 나의 정신을 독일로 데려다 놓았다. 그녀와 함께 슈바빙 거리를 거니는 환상에 이따금씩 사로잡히던 순간, 더 이상 독일은 내게 전혀 먼 나라가 아니었다. 언젠가 그녀의 흔적을 쫓아 그녀가 자주 갔다던 학림다방에 간적이 있었다. 학림다방에 앉아 그녀와 함께 커피를 마시는 상상을 했을 때 벅차오르던 마음은 이루 표현할 길이 없다. 그녀는 알고 있을까. 본인의 글이 시대를 초월해 누군가의 마음속에 열광의 불씨를 지폈음을.

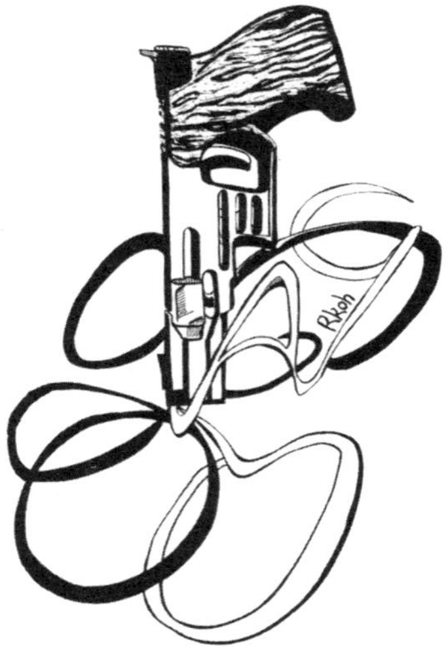
RKoh

사격

사격장에 가면 마음이 차분해진다. 핸드볼은 내가 소리를 지르고, 펜싱은 선수가 소리를 질렀고, 그리고 사격은 총알이 과녁을 뚫는 소리 외에는 침묵만이 존재했다. 그 느낌이 좋았다. 그리고 앳된 얼굴이지만 세상 누구보다 진중한 표정으로 총을 들던 너는 멋있다는 말이 절로 나올 정도였다. 이름처럼 사격장의 꽃 같았다. 너를 응원하게 된 후 본격적으로 발걸음 했던 사격장의 모습들이 눈을 감으면 스르르 밀려온다. 수많은 머릿속에서도 한눈에 알아보곤 했던 너의 뒤통수. 이런저런 이유로 너를 보지 못한지 꽤나 오래되었다. 네 모습이 흐릿해지기 전에 얼른 보러 가야겠다.

Rkoh

봄에 어울리는 보이스, 빌리어코스티. 빌리어코스티의 음악은 봄을 닮았다. 따스하지만 아련함이 잔뜩 묻어나는 멜로디와 가사는 봄의 바람을 잔뜩 싣고 귓가로 넘어 온다. 나만 알고 싶은 아티스트로 남기고 싶을 정도로 매력적인 그의 음악들은 듣는 이에게 편안함과 공감을 안겨준다. 우연히 읽었던 그의 인터뷰 내용이 생각난다. 시간이 지나도 추억할 수 있는 음악이었으면 좋겠다는 말. 그 말처럼 계속 설레는 봄의 감성으로 그가 오래도록 노래해주었으면 좋겠다.

Rkoh

마션은 화성에서 살아남기 위해 고군분투하는 한 남자의 이야기다. 인간의 생존본능의 끝은 도대체 어디까지일까. 마션을 보면서 생존에 대한 갈망이 피부로 다가오는 기분이었다. 따지고 보면 화성이 아니어도 적용되는 이야기다. 지구라는 행성에서 우리는 살아가기 위해 숨 쉬는 것 이상의 많은 노력을 하고 있으니까. 매일 매일 살아낸다는 건 참 고된 일이지만 누군가에게는 그 자체로도 감동에 겨운 일이다. 그러니 비록 내일도 고될지라도 버텨내야지. 그게 바로 우리의 마션이니까.

Rkoh

엄마의 나이

지금 내 나이보다 훨씬 어릴 적, 엄마는 엄마가 되었다. 엄마는 알았을까. 자신이 엄마가 된다는 것을. 어릴 때는 지금의 내 나이가 엄청난 갭으로 다가왔는데, 막상 나이를 먹고 보니 나이만 먹은 어린아이에 불과했다. 그리고 나를 낳고 엄마가 된 한 여자가 떠올랐다. 엄마라는 이름을 가지면서 그녀는 어른이 되기 위해 보이지 않는 무수한 노력을 했겠지. 어떻게 엄마는 어른이 될 수 있었을까. 그리고 나는 왜 어른이 되지 못하고 있는 걸까. 지금의 내 나이를 넘어 다시 엄마의 나이를 지나오면 나도 엄마처럼 어른이 될 수 있을까.

30
LOAD AND
UNLOAD
ONLY
7AM-6PM
NO PA
RKOH

만추

가을이면 자동적으로 영화 만추가 생각난다.
사실 가을이 아니어도 불쑥 생각나곤 했지만.
스산한 바람이 불어올 때면
늦가을의 향기가 내 주변을 맴돌았다.
만추에 나오는 애나처럼 어딘가 알 수 없는
표정을 지으며 거리를 거닐고 있으면
세상 모든 것이 다 아련하게 다가왔다.
그 만추 속에 네가 있었기에 어쩌면
나는 아련할 수밖에 없었던 건 아닐까.
너는 늦가을, 만추처럼 스산하게
내게 스며들었으니까.

RKoh

고등학생 때 프리즌 브레이크가 시발점이 되어 미드에 입문했다. 신기했다. 한국에서는 쉽게 볼 수 없는 장르여서 흥미로웠고 매 편마다 배우들의 연기도 뛰어났다. 나는 어떻게 하면 프리즌 브레이크를 얼른 정주행 할 수 있을까 하는 작은 고민에 빠졌고, 결국 영상을 mp3에 넣어서 가지고 다니기 시작했다. mp3에 영상을 넣기 전에 거치던 인코팅의 시간은 길었지만 그래도 기꺼이 인내할 수 있을 정도로 좋았다. 그러나 금세 예상치 못한 문제에 봉착했다. 학교를 가면 영상을 볼 시간이 좀체 없다는 것이었다. 그래서 나는 야자시간에 이어폰을 꽂고 몰래몰래 조그마한 mp3 화면 속에 담긴 프리즌 브레이크를 보았다.
작은 화면 속에서 꿈틀거리던 그들의 목소리와 몸짓이 지금도 생생하게 느껴진다. 프리즌 브레이크가 아니었다면 미드에 입문할 기회가 늦게 찾아왔으리라 생각한다. 나의 첫 미드이자 인생 미드, 프리즌 브레이크. 비록 장소는 다르지만 나 역시도 학교라는 이름의 감옥에 갇혀있었기에 필연처럼 빠져들 수 있었던 건 아닐까.

Rkoh

2014년 4월 16일. 비가 내리는 오전, 믿을 수 없는 소식이 바다에서 날아들었다. 그야말로 충격 그 자체였다. 충격과 고통은 나에게도 고스란히 전해져 온몸에 기운이 쭉 빠지는 느낌이었다. 그 날 나는 내내 협재 바다를 보며 생각했다. 이 모든 게 꿈이었으면 좋겠다고. 그러나 꿈이 아니었고, 현실은 너무나도 잔인했다. 시간이 흐르면서, 많은 사람들의 기억 속에서 그 날이 희석되어가는 것 같아서 안타깝다. 4월 16일, 그 날의 차가운 바다를 나는 잊을 수 없다. 아니, 많은 시간이 흘러도 절대 잊지 않을 것이다. 그 묵직한 상실의 느낌들을.

help me!
Rkoh

기부

비록 내가 가진 게 많지 않아도 누군가를 돕게 되는 순간, 나는 삶의 활기를 느낀다. 언제나 생각한다. 내가 사람들에게 받았던 관심과 사랑을 오롯이 나도 누군가에게 베풀어야겠다고. 그래서 크지는 않은 액수라도 종종 기부를 하곤 한다. 기부는 돈 많은 사람만이 할 수 있는 일이 아니다. 마음으로 하는 일이다. 나의 작은 정성들이 모이고 모이다보면 차갑게 느껴지는 세상이라도, 나중에는 그 힘들로 조금은 따뜻해질 거라고 믿는다. 그 믿음으로 오늘도 나는 작은 정성을 날려 보낸다.

Rkoh

나의 첫 오빠들, H.O.T. 1세대 아이돌들의 재결합 소식이 심심찮게 들려오면서 오빠들에 대한 그리움이 기억 저편에서 스멀스멀 기어 나왔다. 나의 유년기를 함께 했던 그들이 한 무대에 서는 모습을 다시 볼 수 있다면 얼마나 좋을까. 그래서 오늘도 혹시나 하는 마음으로 기사를 검색해본다.
완전체 H.O.T.를 그리며.

RK 애창곡
12 Rkoh
1988
100

오락실

마음이 답답하고, 소리를 지르고 싶은 순간들이 있다. 그럴 때면 나는 집 근처 오락실에 갔다. 오락실 안에 다닥다닥 붙어있는 노래방 부스에 들어가, 딸칵딸칵 동전들을 밀어 넣으며 혼자 발라드, 랩, 댄스, 힙합 등 여러 장르의 노래를 불렀다. 쉼 없이 노래를 부르고 나면 왠지 모르게 답답했던 마음이 '뻥-'하고 뚫리는 기분이 들어서 좋았다. 언젠가 코인을 넣고 노래를 부를 수 있는 노래 박스도 사라지겠지만, 그 순간들의 상쾌함은 사라지지 않고 내게 영원히 남아있을 것 같다.

Akoh

내가 읽고 싶은 글은 남이 결코 써주지 않는다. 그 생각으로 처음 소설을 쓰기 시작했다. 소설을 쓰면서 나는 내가 창조한 캐릭터에 빙의되어 함께 울고 웃었다. 나약한 내 자신을 가장 많이 닮은 또 다른 나, 소설 속 그들은 나의 분신이었다. 소설만이 가지는 문장의 결과 감성도 너무 좋았다.

원고가 제대로 써지지 않을 때는 하루 종일 모니터 화면만 바라보는 시간도 있었지만, 그래도 행복하다. 미약하나마 내 손으로 직접 소설을 쓸 수 있다는 것이. 그렇기에 오늘 하루도 감사하다. 활자를 써내려갈 수 있는 시간이 내게 주어져 있다는 사실이.

Rkoh

조용필의 노래는 언제 들어도 촌스럽지가 않다. 시대를 뛰어넘은 세련됨 들이 모이고 모여서 지금의 그를 만들었다는 생각이 든다. 조용필의 노래 중 '이젠 그랬으면 좋겠네'를 제일 좋아하는데, 우울감에 젖어있던 어느 날 그 노래를 듣고 많은 위안을 받았던 기억이 있다. 그는 알고 있을까. 지금도 그의 노래가 누군가에게 큰 위로로 와 닿는다는 걸. 이 시대 최고의 가왕 조용필. 그가 죽을 때까지 노래하며 더 많은 이들의 마음을 어루만져 주었으면 하고 바란다.

Rkoh

트라우마

사람은 누구나 각자의 트라우마를 하나씩 안고 살아간다. 트라우마에서 벗어나는 건 혼자만의 힘으로는 분명 쉽지 않은 일이다. 나도 그랬다. 손 내밀어주는 이들, 말라버린 내 눈물의 몫까지 대신 울어주던 사람들, 그리고 옆에 있어주지 못해서 미안하다는 한 마디까지. 고통의 시간은 힘겹지만 함께 해주는 이들이 있었기에 나는 다시 일어설 수 있었다. 만약, 당신도 지금 힘들다면 내게 말해주길. 당신이 다시 일어설 수 있도록 기꺼이 나도 손 내밀어줄테니까.

초판 1쇄 2017년 2월 27일
지은이 _ 석류, 오령경
펴낸이 _ 김현태
편집인 _ 김은기
디자인 _ 디자인 창 (디자이너 장창호)
펴낸곳 _ 따스한 이야기
등록 _ No. 305-2011-000035
전화 _ 070-8699-8765
팩스 _ 02- 6020-8765
이메일 _ jhyuntae512@hanmail.net

따스한 이야기 페이스북
https://www.facebook.com/touchingstorypublisher

따스한 이야기는 출판을 원하는 분들의 좋은 원고를
기다리고 있습니다.

가격 13,000원